KB070076

토우의 집 · 권여선 장편소설

토우의 집

사랑하네 아니 오리 언제나 오려나

아득히 지난날

가슴에 스민 꽃

그리워라 아니 오리

꿈속에 보이네

권여선 장편소설

자음과모음

차례
page

삼벌레고개

오래전 그곳에 삼악산이 있었다.

산꼭대기에 바위 세 덩어리가 솟아 있어 삼악산이었다. 가운데 바위가 제일 크고 양쪽 것은 작았다. 북쪽은 경사가 가파르고 바위투성이였지만 남쪽은 경사도 완만하고 바위도 적고 아래에 너른 개천이 흐르고 있었다. 삼악동은 삼악산 남쪽 면을 복개해 산복도로를 만들면서 생겨난 동네였다.

시내로 통하는 너른 개천을 낀 도로에서부터 개발이 시작되었다. 줄을 친 듯 가로로 홈이 파인 시멘트 도로가 완만한 경사를 타고 오르다 삼악산 꼭대기의 바위 셋을 만나서야 끝이 났다. 시멘트 도로 양쪽에 집들이 차곡차곡 들어서고 집들 사이에 좁은 골목들이 생겨났다.

　삼악산 남쪽에서 항공사진을 찍는다면 삼악동은 등판에 가는 골이 새겨진 거대한 잿빛 다족류 벌레가 머리를 꼿꼿이 치켜들고 있는 모습과 흡사해 보일 터였다. 가운데 바위가 벌레의 머리라면 양쪽 바위들은 돌출한 눈으로 보였다. 굳이 항공사진을 찍을 것도 없이 산복도로 밑에서 올려다본 광경도, 수많은 다리만 안 보인다 뿐 꿈틀거리는 긴 벌레처럼 보이는 건 마찬가지였다. 그래서 삼악동이란 버젓한 이름을 놔두고 다들 삼벌레고개라 불렀다.

　삼벌레고개 사시나요?

　삼벌레고개 아시네?

　알다마다요.

　내가 그 유명한 삼벌레고개 삽니다.

　아랫동네 사람들만은 정색을 하고 불쾌한 도리질을 했다.

　우리는 삼악동에 삽니다.

　삼벌레고개요?

아뇨, 삼악동이요, 삼악동.

그러니까 삼벌레고개요.

경사를 끼고 형성된 모든 동네가 그렇듯 삼벌레고
개에서도 재산의 등급과 등고선의 높이는 반비례했다.
아랫동네에는 크고 버젓한 주택들이 들어섰다. 아랫동
네 주민은 대부분 자기 소유의 집에 살았고 세도 안 놓
았다. 마당도 넓고 자동차도 있고 식성이 까다로운 아
이들도 있었다. 그러니 정원사에 운전기사에 음식 솜
씨 얌전한 식모나 보모도 있어야 했다.

중턱부터는 주택의 소유자와 거주자의 관계가 복잡
해졌다. 제집 사는 사람, 전세 사는 사람, 월세 사는 사
람이 섞여 있었다. 식모를 부리는 집도 더러 있었지만,
중간동네 식모들은 아랫동네 식모들과는 급이 달라 어
딘가 조금씩 하자가 있었다. 가장 가난한 사람들이 사
는 윗동네는 집값이 쌌지만 제집 사는 사람은 드물었
다. 전세나 월세도 못 내 일세를 사는 사람이 적지 않았
고 식모를 두기는커녕 몸소 식모살이를 나가야 할 판
국이었다.

삼벌레고개를 오르다 보면 여기가 딱 중간이지 싶은 지점이 있는데 그때 고개를 오른편으로 돌리면 눈금처럼 4통 통장인 박가의 구멍가게가 박혀 있었다. 구멍가게를 지나면 운문원이라는 절 비슷한 집이 있고 그 집을 끼고 오른쪽 골목으로 서른 걸음 정도 들어가면 커다란 은행나무 옆에 말라붙어 못 쓰게 된 우물이 하나 있었다. 삼벌레고개 중턱에서 바지런하기로 소문난 난쟁이식모는 우물 앞에 있어 우물집이라 불리는 김순분의 집에서 먹고 자고 일했다.

우물집 안주인인 순분은 살짝 하자가 있는 식모를 싼값에 알차게 부리는 재주 외에도 집 구석구석을 빈틈없이 세놓아먹는 재주도 겸비하고 있었다. 그다지 크다고 할 수 없는 우물집엔 무려 네 가구가 살았는데 크든 작든 머릿수만 헤아리면 도합 열세 식구나 되었다. 그 정도 북적이는 걸로는 어림도 없다는 듯 계주인 순분은 날마다 계원인 동네 여인들을 불러들여 소문을 듣고 소문을 내는 일로 낙을 삼았다.

화창한 오월의 첫째 일요일이었다. 우물집 바깥채의 방이 하나 비고 새 식구가 이사를 오기로 한 날이었다.

그날 순분의 작은아들 은철은 삼벌레고개 중턱에서 대단한 모험소년으로 이름을 떨치고 있는 형 금철을 따라 모험의 길을 떠날 각오를 다지고 있었다.

삼벌레고개에서 행해지는 모험의 등급도 고갯길의 등고선에 따라 나뉘었다. 아랫동네 소년들은 집 밖으로 잘 나오지도 않았고 부모 몰래 불량 냉차를 사 먹는 것만으로도 간담이 서늘해지는 축이었다. 반대로 윗동네 소년들은 극히 불온하고 위험해, 모험이라기보다 범죄에 가까운 짓거리에 물들어 있었다. 결국 소년다운 모험은 삼벌레고개 중턱 소년들의 몫이었다. '높이의 모험'과 '넓이의 모험'은 중턱 소년들이 즐기는 모험의 씨실과 날실이었다. 높이의 모험은 윗동네 꼭대기에서 이루어졌고, 넓이의 모험은 아랫동네 개천가에서 이루어졌다.

그날 형이 어느 쪽 모험을 떠나려 했는지 은철은 결국 알아내지 못했다. 다만 금철이 향한 방향으로 보아, 삼벌레고개 꼭대기 가운데바위에 기어올라가 중턱 소년의 호연지기를 기르는 '높이의 모험' 쪽이었을 것이다. 이 모험에서 주의할 점은 돈과 죄에 대해서밖에 관심이 없는 사나운 윗동네 소년들의 눈을 요령껏 피해야 한다는 것이었다. 걸리면 돈이 됐든 코피가 됐든, 뭐든 잃지 않고는 돌아올 수 없었다.

윗동네에는 부족한 게 많았는데, 부족한 와중에도 사람들은 쉬지 않고 이불이며 냄비며 놋그릇이며 전당포에 잡혀먹었다. 윗동네 사람들은 하다못해 치아나 팔다리의 개수도 아랫동네 사람들보다 적었다. 하는 일도 험한 데다, 집도 멀어 고갯길에서 엎어지거나 자빠질 확률이 높고, 어디를 다치거나 부러뜨려도 제때 치료받지 못해 그런 것이겠지만, 그런저런 사정을 감안하더라도 그들은 이상하리만치 자주 다치거나 사고를 당했고, 그마저도 성에 안 차면 공연한 싸움질로 서로의 멀쩡한 신체를 훼손하기도 했다.

그러나 의외로 윗동네에만 풍부한 것들도 있었다. 거지, 장애인, 노인, 깡패, 흉터, 액면가가 낮은 동전, 벌레에 물린 자국, 철 지난 옷 따위가 그런 것들이었다. 그리고 그날 은철이 형을 뒤따르지 못한 이유도 유독 윗동네에만 풍부한 것 때문이었다. 삼벌레고개 위로 올라가면 올라갈수록 물질적 재화가 부족한 대신 재화의 은유가 많았던 게 불운이었다. 은철은 자기를 떼어놓으려고 빠른 속도로 뛰어가는 금철을 뒤쫓다 누군가 막 누어놓은 찬란한 황금색 똥 무더기를 정통으로 밟고 말았다. 울상이 되어 멈춰 선 은철을 보자 금철은 근심스레 달려오는 대신 전속력으로 달아났다.

울면서 집으로 돌아온 은철을 난쟁이식모는 수돗가로 데려갔다. 난쟁이식모가 은철의 똥 묻은 신발을 벗기려 할 때, 마침 안채에 곁달린 하꼬방에 사는 청년이 쪽문을 열고 나왔다. 순분의 말에 따르면 이 청년은 일류 대학에 다니는 부잣집 막내아들이나 피치 못할 사정으로 가족과 떨어져 혼자 지낼 수밖에 없게 된 처지라고 했다. 순분은 그 피치 못할 사정은 자기도 알지 못한다면서, 청년이 처음 방을 구하러 왔을 때 자기가 뉘집 아들이며 지금 무얼 하느냐고 묻자 청년은 말없이 외면하고 눈물만 쏟을 뿐이었다고 했다. 뉘 집 아들이며 지금 무얼 하느냐는 물음에 말없이 외면하고 눈물만 쏟았다면서 대관절 부잣집 막내아들이라든지 일류 대학을 다닌다든지 하는 건 어떻게 알아냈는지 동네 여인들이 궁금해했지만, 순분은 잠자코 입술에 손가락을 갖다 대고 더 이상은 말할 수 없다는 표정을 지었다. 동네 여인들은 헹 하고 코웃음을 치면서도, 흰 피부에 반지르르하게 생긴 청년을 보면 혹시 일류 대학 다니는 부잣집 막내아들일세라 함부로 대하지 못하는 한편, 뒤돌아서서는 그 경박한 옷차림이며 인사도 안 하는 못된 버르장머리에 대해 혀를 차는 반신반의의 태도를 취했다.

게으른 백작의 아들처럼 오후 느지막이 일어난 청년은 습기 찬 하꼬방의 통풍을 위해 방문부터 활짝 열어젖히고 담배 한 대를 꼬나물고 몇 모금 빤 다음 문지방에 걸터앉아 기타 연습을 시작했는데, 그 포즈라는 게 아무래도 일류 대학생보다는 삼류 웨이터에 가까워 보였다. 모험소년 금철은 종종 청년의 기타 연주를 듣는 척하다 어느 순간 문지방에 놓인 불붙인 담배를 들고 번개같이 튀곤 했다. 그럴 때면 연주의 무아지경에 빠졌다 깨어난 청년은 좌우를 두리번거리며 자기가 애초에 담뱃불을 붙이지 않았던가 의아해했다.

그날 오후에는 금철도 없고 난쟁이식모도 바빠 청년은 오랜만에 고독한 연주를 했다. 난쟁이식모는 하필

16

이럴 때 똥을 묻혀 온 은철의 신발을 원수처럼 노려보면서 신문지로 신발 바닥에 묻은 똥을 닦아냈다. 하지만 큼직한 얼굴 양옆에 붙은 앙증맞은 두 귀는 청년의 기타 소리를 듣느라 쫑긋 곤두섰고, 너부죽한 코는 신발의 똥 냄새 속에서도 하꼬방 문지방에서 연기를 피워 올리는, 필터에 젊고 푸른 침이 잔뜩 묻어 있을 청년의 담배 냄새를 맡느라 수시로 벌름거렸다. 그러자니 자연 똥을 닦는 손길이 한참이나 더뎌지고 있을 때 항상 빼꼼히 열려 있는 우물집 대문을 누군가 박차고 들어왔다. 어쩐지 그 박차는 소리가 동네 여인들이 박차는 소리보다 한결 작고 귀여워 은철은 뒤를 돌아보았다. 노란 윗도리에 남색 치마를 입은 여자애가 문간에 서 있었다.

못 보던 애였다.

여자애는 가만히 서서 마당을 둘러보더니, 수돗가에 쪼그리고 앉은 난쟁이식모나 은철이 자기보다 덩치도 별로 크지 않고 똑똑해 보이지도 않는다는 결론을 내리고 야무진 걸음으로 또박또박 걸어 들어왔다.

나중에 새댁네라 불리게 된 식구는 모두 넷이었다. 새댁과 남편, 큰딸 영과 작은딸 원.

　그날 오후 작은딸 원이 우물집에 도착한 지 얼마 안 되어 새댁도 월남치마를 휘날리며 뛰어왔다. 새댁은 세 들어 살게 될 바깥채의 좁다란 쪽마루에 앉아 복덕방 영감을 사이에 두고 순분에게 잔금을 치렀다. 순분은 잔금을 받자마자 세기 시작했다.

　새댁은 복덕방 영감이 내민 계약서를 읽어보고 핸드백에서 펜과 잉크병을 꺼내더니 펜에 펜촉을 끼웠다. 순분이 아무나 계주를 하는 게 아니라는 걸 과시하듯 찹찹 소리를 내며 빠른 속도로 지폐를 세는데 복덕방 영감이 어이쿠, 하면서 쪽마루에서 굴러떨어지는 소리를 냈다. 순분은 돈 세는 손길을 멈추지 않고 눈만 힐끗 돌렸다. 그러다 새댁이 펜촉에 잉크를 묻힌 펜대를 거침없이 놀려 계약서의 좁은 줄 밖으로 힘차게 사지를 뻗은 활달하고 남성적인 글씨체로 폭포처럼 한문을 휘갈기는 걸 보고 기가 막혀 돈 세던 손놀림을 멈추고 말았다.

　"아녀자 필체가 어찌 이리……."

복덕방장이가 혀를 내두르며 감탄을 쏟아놓는 순간, 새댁은 곧바로 순분에게 잘난 체하는 여자로 낙인찍혔다. 순분 앞에서는 훌륭한 필적도 극구 감추고 졸필인 척하는 여자만이 잘난 체하지 않는 여자의 자격이 있었다. 게다가 잘난 체할 요량이 아니라면 분첩이나 루주가 들어 있어야 할 핸드백에 웬 펜대에 펜촉에 잉크병이란 말인가.

갓 결혼한 것도 아니고 딸도 둘이나 있고 나이도 많았지만, 잘난 체하는 새댁은 그 후로도 쭉 새댁이라 불렸다. 새댁의 말투와 몸짓에는 새댁만이 가지고 있을 법한 야릇한 급진성이 깃들어 있었다. 삼벌레고개 중턱에서는 애들을 격일제로 두들겨 패지 않고 남편을 몹시 사랑한다는 이유만으로 충분히 새댁스러울 수 있었다. 세상에 그런 어이없는 참을성과 별난 열정을 짧은 새댁 시절 말고 누가 계속 지니고 있을 수 있겠는가.

땟국물을 졸졸 흘리며 돌아온 금철은 수돗가에 앉아 있는 예쁘고 낯선 소녀 영을 본 순간 공연히 양은 대야를 걷어차고 제 아버지 박만춘이 자주 하는 버릇대로 침을 잇새로 칙칙 쏘아 사방에 흩뿌리면서 모험소년의 위용을 과시했다. 영이 그 거친 모습에 반하기는커녕 질색을 하고 바깥채로 들어가버린 뒤에도 한동안 금철은 미친 망아지처럼 몸을 뒤트는가 하면 허공에 거침없이 주먹을 날렸다. 그러다 안채 마당에서 세발자전거를 타고 있는 은철을 보자 잠시 생각에 잠겼다.

"은철아."

"왜?"

하지 말까, 하는 생각이 들었지만 금철은 하고 싶었고 할 생각이었다.

"잠깐 이리 와봐."

은철은 형이 자기를 모험에 데려가지 못한 걸 미안해할 줄 알았다. 아니면 바깥채에 이사 온 새댁네에 대해 뭘 물어보려는 것이거나. 은철은 자전거를 몰고 금철에게 다가갔다. 금철은 귓속말을 할 듯 은철의 귀를 잡아당겼다. 그때 은철은 자기가 형의 저의를 한 번도 맞아떨어지게 예측해본 적이 없다는 사실을 잠시 잊었다. 아무리 기다려도 형은 말이 없고 뭔가 끈끈한 내용물이 귀에 가득 들어차는 느낌이었다. 뒤늦게야 형이

20

자기 귀에 이상한 짓을 하고 있다는 걸 깨닫고 은철은 꺄악꺄악 소리를 지르며 왼쪽 귀를 잡아떼려고 기를 썼다.

순분은 새댁네가 이사 온 첫날부터 굳이 새댁과 대조되는 행동을 선보일 생각은 없었다. 그러나 오물오물 씹다 변소간 같은 데 뱉어버려야 할 풍선껌을 똘똘 뭉쳐서 동생의 귓속에 쑤셔 넣은 큰아들의 만행은 도저히 묵과할 수 없었다. 순분은 일단 빗자루 막대기를 휘둘러 아직도 동생의 귀에 풍선껌 박는 일에 몰두하고 있는 금철을 제압한 다음, 울고불고하는 은철을 쪽마루에 눕혀놓고 뭐든 시키기 좋아하는 습성으로 난쟁이식모에게 귓속에 박힌 풍선껌을 빼내라고 시켰다. 그러나 난쟁이라고 해서 손가락이 가는 건 아니었다. 오히려 일을 많이 한 탓에 난쟁이식모의 손가락은 순분의 발가락 굵기에 육박했다.

순분은 결국 잘난 체하는 새댁에게 조언을 구했다.

"집에서 이럴 게 아니라 큰 의원에 가야 해요."

싹싹한 새댁은 큰 의원에 가서 가느다란 집게 같은 기구로 껌을 녹 벗기듯 조금씩 떼어내거나 무슨 용액을 넣어 껌 자체를 부글부글 녹여내야 하리라고 말했다.

"내가 만날천날 이러고는 못 산다."

격분한 순분은 우물가로 뛰어나가 골목 양쪽을 두리번거렸지만 가혹한 매타작을 예감한 금철은 이미 종적을 감춘 뒤였다.

"이놈의 자식, 그 정도로는 어림도 저림도 없다."

분풀이 대상을 놓친 순분은 이를 갈고 발을 굴렀다. 하지만 은철에게는 오월의 첫째 일요일이 참으로 좋은 봄날의 시작이었다. 이날부터 은철은 형의 끔찍한 장난도 잘 참아내는 착한 아이로 인정되어 바깥채 새댁으로부터 봄볕처럼 따스한 총애를 받게 되었다.

우물집 대문 앞에는 커다란 은행나무와 돌멩이만 잔뜩 들어 있는 못 쓰는 우물이 있고, 앞집 수도와 뒷집 물통을 연결하는 파란 호스들이 대문 틈에 걸쳐져 있고, 호스 중간의 새는 곳에 감아놓은 검정 테이프에서 가느다란 물줄기가 분사되어 늘 골목길이 질척거렸다. 그 젖은 길을 따라 일주일에 두어 번씩 해안가 출신의 여자가 뜨거운 오뎅이 담긴 들통을 들고 오뎅을 팔러 오곤 했다.

새댁네가 이사 온 다음 날에도 오뎅 장수가 왔다. 새
댁은 병원에서 귓속의 풍선껌을 파내고 눈이 퉁퉁 부
어 돌아온 은철을 우물가로 불러냈다. 새댁은 다진 채
소가 알록달록 비치는 따끈한 오뎅 하나를 집어 입으
로 반 잘라 은철에게 반을 주고 작은딸 원에게 반을 주
었다. 그리고 하나를 집어 자신이 먹었다. 오뎅을 씹다
말고 새댁은 어머, 하고 깜짝 놀라는 소리를 냈다.

"제가 먹어본 중 제일 맛난 오뎅이네요."

"더 드시소."

오뎅 장수 여자가 권하자 새댁은 고개를 흔들었다.

"오늘은 두 개만 사 먹을게요."

"우리네는 재료를 안 속여요. 그니까 반찬 맨글구로
좀 더 사시소 마."

"예전에 저희가 세 들어 살던 방에서는 구더기가 다
쫄쫄 기어 나왔답니다. 어제 이 집으로 이사 와서는 너
무 좋아서 잠을 한숨도 못 잤어요. 애들은 크는데 돈을
아껴야죠."

오뎅 파는 여자는 연신 고개를 끄덕이며 새댁이 더

이상 오뎅을 사 먹을 수 없는 이유에 공감하면서도 좀 더 사시소, 좀 더 사시소 마, 하고 두어 번은 딴소리를 했다. 새댁은 오뎅값을 치르고 자리에서 일어섰다.

"우리끼리 오뎅 사 먹은 건 영이하고 금철이한테는 말하지 말자."

원과 은철은 그러겠다고 약속했다.

"오뎅 먹었으니 점심은 좀 늦게 먹어도 되겠지?"

새댁이 원에게 물었다.

"네, 어머니. 그런데 좀 늦게 점심엔 뭐 해 먹어요?"

"계란볶음밥하고 깍두기."

"좋아요, 어머니."

은철은 꼬박꼬박 어머니라고 부르는 원을 놀라운 눈으로 바라보았다. 새댁이 들어가고 오뎅 장수도 떠나자 우물가에는 원과 은철만 남았다. 원은 병원에서 풍선껌을 빼낸 은철의 왼쪽 귀를 몹시 구경하고 싶어 했다. 은철이 승낙의 뜻으로 귀를 내밀자 원이 그 안을 들여다보았다. 아무것도 없이 그냥 귀였다.

"귀도 우물같이 생겼네."

그러더니 원이 느닷없이 물었다.

"너 여기 우물에 처녀들 빠져 죽은 얘기 알아?"

은철은 우물을 흘깃 보고 몸을 떨었다.

"알아."

순분과 동네 여인들 말로는, 옛날엔 삼악산 땅이 죄다 성질이 별난 노처녀 자매의 땅이었다고 했다. 그때 우물은 산사람들에게 깨끗하고 맛 좋은 우물물을 긷게 해주었다. 그러나 노처녀 자매가 〈사의 찬미〉를 부르며 앞서거니 뒤서거니 사이좋게 우물에 빠져 죽은 후로는 아무도 우물물을 긷지 않게 되었고 우물도 차차 말라버렸다. 그래서 이제는 파내지도 옮기지도 못하는 애먼 무덤처럼 골칫덩이가 되어 골목 중간에 떡하니 버티고 있게 되었다. 우물 남쪽은 아래편 골목으로 대문을 낸 제법 큰 집의 뒷담이었는데, 담벼락 위에 박힌 유리 조각들이 햇살을 받아 모조품 보석처럼 빛났다.

"빠져 죽은 처녀가 전부 아흔세 명이라는 것도 알아?"

"아니, 그건 몰랐는데."

은철은 턱을 당기고 침을 삼켰다. 그렇게 많을 줄은 정말 몰랐다.

"너 숫자 세는 법 알아?"

"응."

"아흔셋하고 여든아홉 중에 뭐가 더 커?"

"아흔셋하고 뭐?"

"여든아홉."

"그럼 팔십칠?"

은철은 아라비아숫자로 물었다. 그렇게 하지 않으면 숫자에 대한 느낌이 오지 않았다.

"여든아홉이니까 팔십구지."

"맞다, 팔십구. 팔십구가 더 작아."

"좋아. 답을 맞혔으니까 비밀 하나 알려줄까?"

"무슨 비밀?"

"너네 집 식모언니 있잖아?"

"숙이누나?"

"숙이누나든 뭐든 그 언니는 사람들 비밀을 다 꿰뚫어 본다."

"무슨 비밀?"

"무슨 비밀이든 다."

"어떻게?"

"난쟁이라서 몸이 조그맣잖아. 어디든 숨어서 사람

들 말을 엿듣는 거지."

"아, 그렇구나."

은철은 무턱대고 고개를 끄덕였다.

"난 안 원이라고 해. 넌 무슨 은철이야?"

"난 박은철."

그들은 통성명을 하고 서로가 일곱 살 동갑내기임을 확인했다. 원은 얼마 전에 언니가 보는 만화책을 몰래 훔쳐보고 '스파이'라는 말을 새로 배웠던 터라 그 말이 써먹고 싶어 좀이 쑤셨다.

"그럼 이제 우리 목숨을 바치는 스파이가 되기로 하자."

"스파이?"

"스파이가 뭔지 알아?"

"몰라."

은철이 시무룩하게 발로 땅을 찼다.

"스파이는 비밀을 알아내는 간첩이야."

은철의 눈이 휘둥그레졌다.

"간첩? 간첩은 나쁜 사람이야. 신고해야 돼."

"간첩 중에는 나쁜 간첩이 있고 좋은 간첩이 있어.

스파이는 좋은 간첩이야."

"좋은 간첩이 있다고?"

"그래, 그러니까 특별히 스파이라고 하는 거야. 스파이."

원이 스파이라고 발음할 때마다 은철은 풍선껌이 빠진 귓속으로 청량한 바람이 새 들어오는 것 같았다. 은철은 아까부터 참았던 질문을 던졌다.

"근데 왜 이 우물에 처녀가 아흔세 명이 빠져 죽었는데?"

"잘 봐."

원은 쪼그리고 앉아 흙바닥에 돌멩이로 숫자를 썼다.

"우리 아버지는 서른일곱 살, 우리 어머니는 서른여섯 살, 우리 언니는 열세 살, 난 일곱 살. 이거 다 더하면 얼마야?"

은철은 원의 옆에 나란히 앉아 힘겹게 덧셈을 했다.

"구십삼?"

"구십삼이면 아흔셋이지?"

"와, 진짜!"

그 순간 은철은 원에게 압도당했다. 어째서 새댁네

식구 나이를 합친 숫자만큼 처녀가 우물에 빠져 죽어야 했는지, 목숨을 바치는 스파이란 대체 무엇을 위해 목숨을 바치는 스파이인지 하는 의문들은 머릿속에 떠오르지 않았다. 그저 큰일 났다, 어떡하지, 젠장, 안 되는데, 몰라 몰라, 그런 숨 가쁜 생각만 들었다.

우물집에 오기 전에 살았다는, 새댁 말에 따르면 구더기가 다 쫄쫄 기어 나왔다는 그 방에 대해서 원은 단지 하나의 기억만을 갖고 있었다. 그것은 실제의 구더기가 아니라 가상의 구더기, 아버지 안덕규의 양말이 만들어낸 거대한 구더기의 이미지였다.

덕규는 주로 흰 셔츠에 검은 바지, 회색 점퍼만 입었다. 절대 양복은 입지 않았는데 양복점을 경영하는 형님에 대한 반발 때문이었는지 모른다. 덕규가 '한 식구'라고 부르며 함께 어울리는 사내들도 단색 셔츠에 간소한 점퍼 차림이었다. 그런데 덕규의 차림에서 겉으로 드러나지 않으면서 다소 기묘한 부분이 있었으니, 그건 바로 구두 속에 숨겨진 양말이었다. 비록 몇 달 남짓이었지만 작년에 그는 누구에게도 보여줄 수 없는 진홍

빛깔 발가락양말을 신고 다니지 않으면 안 되었다.

　덕규는 무좀도 없는데 무좀에 걸릴까 봐 날이 더워지고 발에 땀이 차기 시작하면 누런 발가락양말을 잔뜩 사다 놓고 검은색으로 물들여 신고 다녔다. 그러다 어느 날엔가 술에 취해 검은색 대신 자주색 염색약을 사 왔다. 처음엔 자주색도 그럭저럭 신고 다닐 만했지만 삶을 때마다 염색물이 조금씩 빠지면서 양말은 아리따운 진홍색이 되었다.

　좀처럼 실수를 하지 않고 남의 실수에도 관대하지 못한 덕규가 아침마다 반닫이를 열고 당혹스러운 얼굴로 자기 실수의 명백한 증거물인 진홍 빛깔 발가락양말을 만지작거릴 때면 새댁은 웃음을 참느라 안간힘을 썼다. 새댁은 인상을 찌푸리고 남편 쪽을 보지 않으려고 애쓰다 큰딸 영의 어리석은 짓을 목격했다.

　영은 엄지와 검지로 콧대를 세게 잡아당겨 조금이라도 코를 높여보려는 정형의 노력을 되풀이하고 있었다. 새댁은 영의 오른손을 뒤로 돌려 잡았다. 영이 재빠르게 왼손으로 같은 짓을 하자 왼손까지 뒤로 잡아챘다. 영이 낮은 소리로 불평을 늘어놓았지만 웃음을 참느라 울상이 된 새댁은 대꾸할 형편이 못 되었다. 남편이 진홍색 발가락양말 한 켤레를 꺼내 다섯 발가락에 힘을 주고 신을 준비를 마쳤기 때문이다.

"영아, 혀로 장난치지 마라."

새댁은 웃음을 참느라 목이 졸린 소리를 냈다. 덕규는 양말을 신으려다 순경처럼 큰딸의 양손을 결박하고 있는 아내를 보았다. 영은 손을 쓰지 않고 할 수 있는 새로운 정형의 기술을 찾아내어, 혀로 윗니와 아랫니를 번갈아 빨아들여 돌출된 앞니를 교정하는 중이었다. 이런 짓은 영의 입 모양을 목표에서 훨씬 멀어진 꼴로 보이도록 했지만 영은 시도 때도 없이 아무 데서나 이렇게 노골적인 미용의 욕망을 노출하곤 했다. 그제야 큰딸이 하는 짓을 알아본 덕규가 엄하게 말했다.

"또 한 번 내 앞에서 그런 짓을 했다간 단단히 혼날 줄 알아라."

영은 혀를 쏙 집어넣었다. 덕규는 아내에게 진홍색 발가락양말을 들어 보였다.

"이게 그렇게 이상해요?"

"이상하긴…… 뭐가요?"

말과 달리 새댁의 눈가는 가늘게 좁혀졌고 입에서는 피식거리는 소리가 났다. 마침내 새댁이 웃기 시작했다. 덕규는 꾸중 듣는 아이처럼 아내가 쏟아내는 폭소를 견뎠다. 새댁의 웃음이 잦아들자 덕규는 돌아앉아 양말을 신으려 했지만 그곳엔 아무것도 없었다.

　덕규는 방구석에 긴장한 얼굴로 도사리고 앉아 있는 작은딸을 보았다. 그는 딸 앞에 가서 자세를 낮추고, 원이 징그럽게 여겨 간신히 이불로만 덮어놓은 자기 양말을 꺼내 신을 기회를 노렸다.

　"이제 내가 양말을 신으면 어떻게 되는지 봐라."

　덕규는 이불 밑에서 슬쩍 양말 한 짝을 빼내 신었다. 아, 징그러워라. 원은 눈을 질끈 감았다 떴다. 진홍색 발가락양말을 신은 덕규의 다섯 발가락은 방에서 기어 나오는 작은 구더기와는 비교도 할 수 없이, 살이 통통하게 찐 거대한 피구더기를 생각나게 했다.

　우물집에 이사 온 뒤 방에서 더 이상 구더기도 나오지 않고 발가락양말도 새로 검정색으로 물들였는데도, 날이 더워져 덕규가 발가락양말을 신기 시작하자 원은 그때 이미지가 떠올라 몸서리를 쳤고 새댁은 웃음을 참느라 이를 악물었다. 영 혼자만 초연하게 벽 쪽으로 돌아앉아 콧대를 잡아당기거나 혀로 앞니를 빨아들이는 정형에 몰두하고 있었다.

덕규가 출근하고 영이 등교하면 새댁은 아침 설거지를 끝내고 운수패를 떼는 것으로 하루를 시작했다. 원이 담요를 판판하게 펼치는 동안 새댁은 화투 한 목을 모아 쥐고 능숙하게 척척 쳤다. 원이 열두 패를 다 외우는 데는 시간이 걸렸다.

"이건 뭐예요, 어머니?"

"조그맣게 말해야지, 원아."

새댁이 주의를 주었다.

원래 바깥채는 독채로 전세를 주어야 마땅할 구조인데 돈이 없는 새댁네 네 식구와 골골 앓는 옆방 여자네 세 식구가 각기 한 방씩 세 들어 조용조용 각불때며 잠긴 미닫이문을 통해 들려오는 서로의 소리를 못 들은 체 살고 있었다.

원이 작게 물었다.

"이건 뭐예요?"

"국수."

"오늘 국수 먹어요?"

"아버지가 아는 분 결혼식에 가셔서 부조하고 국수 드시려나 보다."

"이건요?"

언제 봐도 예쁜 이매조 열 끗을 놓고 새댁은 뜸을 들였다.

"그건…… 아버지시다. 아버지가 기분이 아주 좋으시다는 뜻이지."

"이건요?"

"술. 아버지가 약주 드시고 늦게 들어오시려나 보다."

새댁의 운수패는 늘 남편의 운수패였다.

"어머니는 수영도 잘하시지요?"

원이 물었다. 새댁은 갑자기 머릿속에 떠오른 생각을 느닷없이 쏟아놓는 작은딸의 이야기 방식에 익숙했다.

"아니, 못한다."

못하는 게 없을 것 같던 어머니가 수영을 못한다니 원은 놀랐다.

"왜요?"

"토끼띠여서."

새댁이 의기소침하게 대답했다.

"토끼띠가 왜요?"

"원래 토끼는 물만 닿으면 죽는단다."

"토끼는 물 닿으면 죽어요?"

속삭이듯 묻는 원의 목소리가 떨렸다.

"그래, 토끼는 물 닿으면 죽어."

무시무시한 비밀이었다. 원은 이런 종류의 이야기에 정신없이 빠져들곤 했다.

"그럼 어머니, 유명한 수영선수 중에는 토끼띠가 없어요?"

"글쎄, 그거야 가뭄에 콩 나듯······."

새댁은 자신감을 잃고 말을 흐리더니 급히 화투패를 따먹었다.

"우리나라는 토낀데 바다에 몸을 담그고 있잖아요?"

"진짜 토끼가 아니니까 그렇지."

어머니도 진짜 토끼는 아닌데, 생각했지만 그런 말은 하지 않았다.

"아버지도 수영 못하세요?"

"아버지는 수영 잘하시지. 젊은 시절에 한강을 헤엄쳐서 왔다 갔다 하셨다니까."

새댁은 흐뭇한 미소를 지었다.

"아버지는 무슨 띠신데요?"

"호랑이띠."

"호랑이는 물이 닿아도 안 돌아가셔요?"

"아이고, 원아."

새댁은 웃으면서 아무리 존경하는 아버지 띠여도 호랑이에게까지 존대할 필요는 없다고 알려주었다.

"호랑이는 물이랑 그럭저럭 괜찮지."

"호랑이는 괜찮아요?"

"호랑이는 괜찮다."

"저는 무슨 띠예요?"

"잔나비띠. 그러니까 원숭이띠."

"원숭이는 수영 잘해요?"

"원숭이도 수영 못해."

"왜요?"

원은 자기 띠도 어머니 띠처럼 수영을 못하는 게 기

뻤다.

"가만있자, 오백 나한 얘기가 있는데…… 해줄까?"

"해주세요."

새댁이 소곤소곤 얘기를 시작했다.

"옛날 옛날에 원숭이 오백 마리가 살았더란다. 어느 날 달이 떴는데, 큰 연못 위에 달이 비치더란다."

원은 조용히 귀를 기울였다.

연못에 비친 달을 본 원숭이들은 그게 연못에 핀 꽃인 줄로만 알고 부처님께 저 어여쁜 달꽃을 따다 드리자고 뜻을 모았단다. 열 마리 원숭이가 대열을 짓고, 그 위로 열 마리 원숭이가 목말을 타고, 그 위로 또 열 마리 원숭이가 목말을 타고, 그렇게 오백 마리 원숭이가 일사분란하게 연못 한가운데를 향해 나아갔단다. 조금만 더, 조금만 더. 그러나 달꽃은 그들 손에서 닿을 듯 멀어지고 닿을 듯 멀어져, 언제나 한 걸음 밖에서만 찬란히 빛나고 있더란다. 조금만 더, 조금만 더, 그러다가 원숭이들은 결국 아름다운 달꽃도 못 따고 모조리 연못에 빠져 죽고 말았단다.

"그래서 부처님이 원숭이들 마음을 어여삐 여겨 오

백 나한으로 삼았단다."

"나한이 뭐예요, 어머니?"

"부처님을 모시면서 좋은 일을 하는 성자들이지."

"성자는 뭐예요?"

"성스러운 사람이지."

"그래서요?"

원의 질문에 정신이 사나워진 새댁이 물었다.

"응? 뭐가 그래서니?"

"부처님이 원숭이들을 오백 나한으로 삼았단다, 하
는 데까지 얘기하셨어요."

"그게 끝인데?"

"그게 끝이라고요?"

"에에, 그러니까, 옳지! 이 얘기로 미루어 짐작하건
대, 원숭이도 수영을 못한다, 그런 얘기지. 잘하면 연못
에 빠져 죽었을 리가 없잖니?"

원은 실망했다. 원숭이도 물이 닿으면 곧바로 죽는
슬픈 운명이길 바랐는데 그저 수영만 못해서 물에 빠
져 죽은 것뿐이었다. 하지만 중요한 건 그게 아니었다.
세상에는 스파이가 파헤쳐야 할 비밀들이 너무 많다는

것, 그게 중요했다.

원이 은철을 보러 안채 마당에 갔을 때 하필 우물집 바깥주인인 박만춘이 쪽마루에 앉아 있었다. 사장의 개인 운전기사 노릇을 하는 만춘은 사장이 배려를 해 주지 않아 밥 먹는 시간이 고르지 않았다. 그래서 늘 속 이 쓰리고 허기가 졌다. 식탐도 많고 침도 많아 항상 잇 새로 칫칫 아무 데나 침을 뱉고 다녔는데, 뚱한 얼굴에 화난 걸음으로 침을 쏘아 뱉으며 걷는 그는 한 마리 고 릴라 같았다.

가끔 만춘은 사장의 이동 경로나 일정에 따라 낮에 간식을 먹으러 집에 들르는 경우가 있었다. 원은 소리 안 내고 돌아서 나오려다 만춘이 행복하게 웃고 있는 걸 보고 걸음을 멈췄다. 웃고 있으니 주인아저씨가 조 금도 무섭지 않고 은철과 닮아 보였다.

만춘은 순분이 막 접시에 담아 온 먹을거리를 눈앞 에 두고 있었다. 한입 크기의 짙은 자두 모양의 덩어리 들이 올망졸망 놓인 접시를 그는 황홀한 눈으로 바라 보았다. 그는 한 손에 접시를, 한 손에 젓가락을 들고,

접시 위의 것을 조심스레 한 덩이 집어 입에 넣었다. 그것은 금세 녹기 쉬운 맛인지, 그는 씹지도 않고 삼키고 또 한 덩이를 입에 넣었다.

원은 난생처음 보는 빨간 음식들이 차례차례 만춘의 입 속으로 들어가는 걸 지켜보다 자기도 모르게 그쪽으로 다가갔다. 저 붉고 빛나는 것의 정체를 알기 전에는 돌아갈 수 없었다.

"아저씨, 그게 뭐예요?"

"이거?"

만춘이 싱긋 웃었다.

"한번 먹어볼 테냐?"

"그게 뭔데요?"

접시 안을 자세히 보기 위해 한 걸음 다가서던 원은 만춘의 대답을 듣자마자 낯빛이 하얘졌다. 원은 은철을 만나려던 생각도 스파이가 되려던 생각도 다 잊고 걸음아 날 살려라 도망쳐 수돗가에 엎어져 토하기 시작했다. 부드럽고 달콤한 잘 익은 과일 같은, 만지면 몽그라질 거품 같은 그것은, 그 이름만 듣고도 소름이 쫙 끼친, 참기름과 소금을 뿌린 소의 날간이었다.

저녁 무렵 만춘이 여느 때처럼, 배고파죽겠다 배고 파죽겠어, 하는 말도 하지 않고 조용히 발 고린내를 풍기며 안방 앞에 섰을 때 순분은 난닝구에 속치마 바람으로 방을 닦고 있었다.

"나 왔어."

"발부터 씻으세요."

"수돗가에서 새댁이 그릇을 닦고 있어."

난쟁이식모를 심부름 보낸 탓에 순분은 작은아들을 불렀다.

"은철아! 아빠 발 씻게 대야에 물 좀 떠 와."

"애는 왜 시켜? 당신이 떠 와."

"내가 지금 이러고 어딜 나가?"

"그러게 왜 옷을 다 벌거벗고 있어?"

"방 닦는데 옷을 입으면 어떻고 벗으면 어때서?"

만춘은 퇴근해 들어오면서 수돗가에서 설거지를 하는 새댁을 보았다. 새댁의 재고 경쾌한 몸놀림에서 그는 가슴속이 시원하면서 따뜻해지는, 도무지 알 수 없는 느낌을 맛보았다. 그는 어둑한 데서 꽤 오랫동안 배고픔도 잊고 새댁이 일하는 모양을 구경했다. 그런데 방에 들어와보니 아내가 볼썽사납게 반벌거숭이 꼴로 사지를 헤근거리며 걸레질을 하고 있는 것이었다.

"에잇! 사람이 뭘 하든 보는 사람 생각도 해야지."

만춘은 냄새나는 양말을 벗어 던졌다.

"배고프니까 괜히 생사람을 잡네."

순분은 걸레를 문턱에 걸쳐놓고 못에 걸린 윗도리를 걸쳤다.

"옷은 또 그게 뭐야?"

"왜? 큰형님 말씀이 이 블라우스가 잡채 때깔처럼 알록달록 곱다던데."

큰형님이라면 계원 중에 가장 나이가 많은 여자를 말하는 거였다.

"잡채…… 했어?"

만춘이 물었다. 순분은 일곱 개나 되는 블라우스 단추를 잠글까 말까 망설였다.

"아니."

만춘은 어정쩡한 태도로 서 있었다. 맛있는 저녁을 차려줄 아내와 불화하는 게 과연 유익한 일인가 하는 회의가 물밀듯 밀려왔다. 순분은 눈치가 빨랐다.

"은철 아빠, 잡채 먹고 싶구나? 내일 해줄까?"

"오늘은 뭔데?"

"당신 좋아하는 순댓국 끓였지."

"순댓국?"

순식간에 만춘의 입 안에 침이 한 종지 고였다.

"아쉬운 대로 거기 당면 넣을까?"

"아쉬운 대로…… 그러면 되겠네."

"알았어. 물 푸르르 끓여 삶아서 넣지 뭐. 당신 출출
하지?"

"좀 출출하네."

"나 밥상 차릴 동안 은철이더러 물 떠 오라고 할까?"

"그러니까 내 말은, 딴 집 식구들도 같이 사니까 몸
에 걸칠 건 제대로 걸쳐야 된다는……."

만춘의 입 속에 고였던 침방울이 튀었다. 눈치가 빠
른 만큼 성미도 급한 순분은 잡채 때깔 블라우스를 벗
어 던지고 부엌으로 달려 내려가며 소리쳤다.

"은철아! 아빠 발 씻을 물!"

은철이 수돗가에 갔을 때엔 새댁은 없고 영이 원이

자매만 있었다.

영은 고개를 숙이고 머리카락에 차닥차닥 비누질을 하여 거품을 내고 있었다. 원은 그 옆에서 바가지를 들고 언니 머리에 물을 부어줄 준비를 하고 있었다. 은철이 엎어놓은 대야를 뒤집자 원이 그의 대야에 먼저 물을 부어주었다. 영은 거품을 잘 낸 머리카락을 가는 빗으로 쪽쪽 빗어 내리더니 원에게 물을 부으라는 손짓을 했다. 원이 천천히 물을 흘려 부었다. 영은 맑은 물이 나올 때까지 헹군 머리칼을 꾹 눌러 짰다. 영이 목에 건 수건으로 머리칼을 찰찰 털고 해맑간 얼굴을 들었을 때 은철은 마음이 아팠다. 형이 이걸 봤어야 하는데. 금철은 은철에게 영을 보기만 하면 즉시 연락을 취하라는 명령을 내려놓았지만 어디로 어떻게 연락할지는 가르쳐주지 않았다. 영은 머리를 수건으로 올려 싸매고 어린 선녀처럼 새침하게 수돗가를 떠났다.

"물 더 부어줘?"

원이 멍해 있는 은철에게 물었다.

"웅."

"너넨 저녁 반찬 뭐 해 먹었어?"

은철은 순댓국이라고 대답하려다 원이 징그러워할까 봐 말하지 않았다.

"아직 안 먹었어. 너네는?"

"우리는 아버지가 늦게 오시는 날이라 있는 반찬 해서 먹었어."

원은 은철의 대야에 물을 가득 부어주고 주위를 살피더니 조그맣게 속삭였다.

"우리가 스파이라는 거 안 잊어먹었지?"

"안 잊어먹었어."

"이제 활동을 시작해야 해."

"알았어."

"내일 아침 먹고 우물로 나와."

"응."

"사람들 눈에 띄지 않게 우물 뒤에 숨어 있어."

"걱정 마."

은철이 물을 쏟지 않으려고 조심조심 대야를 균형 맞춰 들고 간 보람도 없이, 만춘은 발도 안 씻고 팥죽 같은 땀을 흘리며 거무튀튀한 순댓국을 먹고 있었다. 그 곁에서 순분은 김치를 길게 찢어 얹어주며 최근에 운문원에서 일어난 일에 대해 얘기하고 있었다.

"임보살님 그 양반이 진짜 보통내기가 아니야. 암튼 나긴 난 사람이라니까."

은철은 스파이답게 안 듣는 척하며 귀를 기울였다.

"글쎄, 은철 아빠, 임보살님이 귀희네 내외를 딱 앉혀 놓고, 효심 지극하신 젊은 분들 말씀을 듣고서 참말 이런 토를 달기는 뭣하지만서두, 자기 몸을 낳아주신 분을 다른 사람들 앞에서 일컬을 적에는 무식하게 우리 엄마니 오매니 그렇게 부르는 법이 아닙니다, 이러는 거라. 그러니까 무식한 귀희 아범이 눈을 멀뚱멀뚱 뜨고 그럼 뭐라고 부르냐고 묻지 않았겠어?"

무식한 만춘도 눈을 멀뚱멀뚱 떴다.

"임보살님이 점잖게 딱 이러는 거야. 모친께옵서 이리하셨다, 가모께옵서 저리하셨다 하는 것입지요. 또 즈이 편에서 일컬을 적에는 자당님께옵서 이리하셨다 하는 것입고요. 그런즉 즈이가 드릴 말씀은, 고인이 되신 자당님께옵서 이승의 구업을 씻어내기 위해서는 한사코 천도굿을 하지 않으면 안 될지니……."

운문원 임보살이 가난한 귀희네 내외에게서 거액의

천도금을 받아낸 대목을 얘기하면서 순분은 흥분하여 방귀를 뿡 뀌었다. 미간을 찌푸리는 만춘의 밥숟갈에 순분은 서둘러 김치를 서리서리 얹어주고 돈을 셀 때처럼 김치물이 묻은 엄지와 검지를 찹찹 빨았다.

아침을 먹자마자 방을 나선 은철은 수돗가에서 사우디집을 만났다.

우물집에서 두 집 건너 사는 사우디집은 남편을 모래바람 부는 사막 한가운데 보내놓고 졸지에 팔자가 늘어진 여인이었다. 아이도 없는지라 혼자 입에 개미 볼가심하듯 아침을 해치우고는 눈썹만 멋들어지게 그려 넣고 달려와 우물집 대문을 박찼다. 눈썹 안 그린 얼굴을 보이느니 발가벗은 모습을 보이는 게 낫다고 여기는 사우디집은 눈썹연필을 획획 휘둘러 남의 눈썹도 기막히게 고쳐주는, 양쪽 눈썹 똑같이 빨리 그리기의 달인이었다.

"형님 계세요?"

사우디집은 수돗가에서 물을 떠 입을 헹구면서 신을 반쯤 벗고 안채 마루턱에서 반을 벗어 던진 후 지체 없이 안방으로 뛰어들어갔다. 은철은 사우디집이 방에 들어간 걸 보고 대문을 나왔다. 대문 앞에서도 주위를 살펴 아무도 없는 걸 확인하고 우물 뒤로 돌아갔다.

"어서 와."

원은 이미 그곳에 있었다.

"잘 들어. 스파이는 말이야."

은철은 풍선껌을 파낸 쪽 귀를 기울였다.

"비밀을 알아내는 사람이야."

"응, 비밀을."

"스파이는 무슨 수를 써서라도 다른 사람 얘기를 엿들어야 해."

"응."

"그러니까 스파이는……."

원이 또랑또랑 말하기를, 스파이는 엿듣는 일이라면 벽을 뚫거나 담을 넘는 일은 물론이고 남의 집 구들장 밑까지 땅굴을 파고들어가는 일도 마다하지 않는다고 했다.

"땅굴까지?"

"땅굴까지!"

스파이 중에는 엿듣다가 지붕에서 떨어져 죽은 사람
도 있고, 추운 겨울밤에 얼어 죽은 사람도 있다고 했다.
그제야 은철은 '목숨을 바치는 스파이'라는 말의 뜻을
이해했다. 하지만 무엇을 위해서 목숨을 바치는지는
여전히 알지 못한 은철이 물었다.

"다른 사람 얘기를 엿들어서 비밀을 알아내면?"

"비밀을 알아내면……."

원은 잠시 뜸을 들였다. 비밀 자체를 즐기는 원으로
서는 그 이후에 어떻게 해야 할지는 미처 생각하지 못
했다. 그러다 어제 언니가 끝내 채무 이행을 거부한 일
을 떠올리고 이렇게 말했다.

"좋은 사람과 나쁜 사람을 가려내야지."

"그래서?"

"나쁜 사람한테는 복수를 해야지."

"맞다. 복수!"

"나쁜 사람은 우리의 적이야. 적에게 복수하는 게 스
파이의 임무야."

"맞아."

"너는 금철오빠가 좋은 사람인 것 같아, 나쁜 사람인

것 같아?"

은철은 여태 그런 건 생각해보지 않았지만 뭔가 멋지고 용감한 대답을 하고 싶어서 나쁜 사람, 하고 대답했다.

"왜?"

"음, 접때 내 딱지 훔쳐 갔어."

원이 손뼉을 쳤다.

"사실 우리 언니도 나쁜 사람이다."

"영이누나는 왜?"

"옛날에 나한테 10원을 꿔 가고 아직도 안 갚았어."

"10원이나?"

"응."

"정말 나쁘다."

도란도란 얘기를 나눌수록 그들의 한숨은 깊어갔다. 그들의 깊은 고민은 왜 자신들이 언니나 형에게 짓눌려 살아야 하고 거꾸로 저들을 짓누를 수 없는가 하는 것이었다. 더 억울한 건 그들이 한 살을 먹으면 저들도 한 살을 먹으니 평생 여섯 살의 차이를 좁히지 못할 운명이라는 것이었다.

그들은 복수를 위해 벽돌을 갈아 독약을 만들기로 했다. 은철이 바닥에 던져 깬 벽돌 조각을 집어 들던 원이 아, 하고 외쳤다.

"왜? 다쳤어?"

은철이 달려들었다.

"그게 아니라."

원의 얼굴이 생기로 빛났다.

"독약을 만들면서 주문을 외워야 해."

"무슨 주문?"

"저주를 받을 사람 이름 말이야. 그래야 독약도 그 이름을 알아듣고 그 사람한테 효과를 나타낼 거 아니야?"

"아, 진짜 진짜!"

은철은 어젯밤 엄마가 임보살에 대해 했던 말을 생각했다. 그 말은 딱 원에게 해당되는 말이었다. 원은 진짜 보통내기가 아니었다. '나긴 난' 계집애였다.

"안 영, 안 영."

"박금철, 박금철."

그들은 첫 독약의 희생자가 될 적들의 이름을 외우며, 고된 베틀질로 풀 길 없는 욕망을 다스리는 과부들처럼 팔이 아프도록 벽돌을 갈았다.

  스파이놀이를 하면서부터 은철은 삼벌레고개가 돌
연 불길하고 을씨년스러운 기운에 휩싸인 듯한 느낌이
들었다. 원과 같이 있으면 고추 끝이 저릿할 만큼 모든
일이 흥미진진하게 돌아갔다. 높이의 모험과 넓이의
모험 따위는 댈 것도 아니었다.
  "우리의 임무가 또 생각났어."
  원이 엄숙하게 말했다.
  "뭔데?"
  "동네 사람들 이름을 알아내는 거야."
  "왜?"
  "그래야 언제라도 독약을 만들 때 그 사람 이름을 막
바로 외울 수 있을 거 아니야?"
  그들은 벽돌을 가는 짬짬이 언제 적이 될지 모를 동
네 사람들의 이름을 알아내기 위해 분투했다. 우선 우물
집에 드나드는 여인들의 이름부터 알아내기로 했다. 동
네 여인들은 우물집 대문을 박차려다 우물 뒤편에서 뛰
어나와 이렇게 묻는 어린 스파이들과 맞닥뜨리곤 했다.

"아줌마, 이름이 뭐예요?"

은철의 질문에 사우디집은 얼떨떨해하면서도 불린 지 오래된 자기 이름을 일러주었다.

"내 이름은 은숙이."

사우디집은 어릴 적 향수에 젖어 미소를 지었다.

"최은숙이."

순분이 주도하는 계모임에서 가장 나이가 많아 큰형 님이라 불리는 늙은 계원은 다소 운이 나쁜 경우를 당했다. 그때 원은 순전히 정보 수집 차원에서 물었던 것이다.

"할머니, 성함이 어떻게 되세요?"

"니가 우물집에 이사 온 새댁네 작은딸내미냐?"

"네."

"니부터 말해봐라. 니 성함은 뭔지?"

"저는 안 원이에요."

"성이 안가에, 이름이 외자로 원이여?"

"네."

"안 원이면 니 에미 애비가 니를 안 원했던 모양이구 나. 첨에 딸을 낳고 또 딸을 낳았으니 안 그렇겠어? 으음, 그러니까 뭐냐, 내 이름은 정자여. 이정자. 정자가 일본말로 뭔지 알아? 시즈코여. 내가 젊었을 적에만 해도 왼갖 사내들이 시즈코상, 시즈코상 하면서 내 뒤를 어떻게나 졸졸……."

원은 큰형님의 말을 끝까지 듣지 않고 우물 뒤편으로 돌아가 흐느꼈다. 그리고 큰형님 몫의 벽돌을 가는 내내 원하지 않은 아이로 태어난 자기 운명을 슬퍼했다. 그리하여 탐문 당시만 해도 아무 죄가 없었던 큰형님은 한 번은 이정자로, 한 번은 시즈코로 이중 참수를 당했다.

비밀은 때로 모르는 게 약이지만, 그들은 뭐니 뭐니 해도 목숨을 바치는 스파이였으므로 자신들에게 해가될 비밀까지 악착같이 알아내고자 했다. 그들이 저주할 수 있는 동네 사람들의 목록은 점점 늘어났다. 그들은 독약을 제조하는 데 그치지 않고 저주받을 인물의 이름을 종이에 써서 잘게 찢어 우물 주변에 뿌리는 의식도 거행했다. 그리고 우물집 골목을 지나 삼벌레고 갯길 중턱까지 활동 반경을 넓혀갔다.

우물집에서 삼벌레고갯길로 나가는 중간쯤에 통장

박가네 집이 있었다. 그 집 앞에는 늘 애보개 식모인 막달이가 애를 업고 나와 서 있었다. 식모 이름은 자주 불리므로 성만 알아내면 되었다. 막달이의 성은 조씨였다. 조막달로 말하자면 항상 우물집 난쟁이식모에게 한 수 배움을 청하고 있는 처지로 선배인 난쟁이식모가 하꼬방 청년을 사모하는 것을 보고 그것이 무슨 훌륭한 식모의 자격이나 되는 줄 알고 자기도 무턱대고 그 청년을 사모하는 물정 모르는 소녀였다.

"막달이, 이년! 그러게 내가 뭐랬니? 내가 뭐랬어?"

마침 통장집 여인이 뛰어나와 다짜고짜 막달이를 쥐어박으며 소리를 질렀다. 막달이는 언제나 통장집이 뭐랬는지 알지 못해서 매를 맞았다. 통장집은 징징대는 막달이를 한 번 째려본 후 은철에게 물었다.

"밥은 먹었냐? 형님 집에 계시지?"

"네. 근데 아줌마 성함은 뭐예요?"

은철이 원의 흉내를 내어 물었다.

"성함? 내 이름 말이냐? 그건 왜?"

"그냥 궁금해서요."

"나 김언년이야."

통장집은 어깨를 으쓱하고 통통한 엉덩이로 문짝을 밀고 들어갔다. 통장집은 이미 아이가 셋인데도 또 아이를 배고 있었다. 은철은 원에게, 자기 일곱 해 평생에, 통장집은 아이를 배고 있거나 막 낳은 후라 부었거나 다시 배어 얼굴이 거칠한 게, 노상 임신과 관계된 상태에 있었다고 말해주었다. 그래서 그렇게 목에 힘을 주고 자기를 대견하게 내세우는가 보다 하고 원은 생각했다.

골목과 삼벌레고갯길이 만나는 모퉁이에는 단청을 올린 임보살네 운문원이 있었다. 순분과 정신적 교감을 나누는 사이인 임보살은 운문원이라는 정체불명의 사당을 차려놓고 계주와 쌍벽을 이루는 교주 행세를 하고 있었다. 운문원이 절도 아니고 점집도 아니고 성황당도 아니듯, 임보살 역시 비구니도 아니고 점쟁이도 아니고 무당도 아니고, 그저 부르기 좋도록 보살이었다.

원과 은철이 운문원 모퉁이를 돌 때 장부를 옆구리에 낀 보험여자가 단청 아래 모습을 드러냈다. 보험여자의 양 볼에는 검은 메추리알 모양으로 심한 기미가 끼어 있었다.

"아줌마, 성함이 어떻게 되세요?"

원이 물었다.

"내 이름은 계희란다. 멍멍 짖는 개가 아니라 계란 할 때 계."

보험여자가 허공에 글자를 써 보였다.

"성은요?"

"성."

"네. 성이요."

"응."

"네?"

"성이라고."

알고 보니 보험여자의 성은 성이었다.

"그럼 임보살님은요?"

"임보살님은 말자, 숙자, 쓰신단다."

보험여자가 가고 나서 은철은 왜 임보살이 말자와 숙자라는 두 개의 이름을 쓰느냐고 물어서 원을 조금 당황하게 했다. 원은 말자와 숙자가 두 개의 이름이 아니라 이름의 두 글자이며, 어른 이름을 개 부르듯 막 불러대면 안 되기 때문에 그렇게 말해야 하는 거라고 설명해주었다.

아무튼 현대적 사회에서 보험이 얼마나 필수적 급(及) 안전적인가를 주장하는 보험여자 성계희와, 온갖 신앙을 잡탕으로 섞어 기복화하는 임말숙 보살 사이에는 아무 불화가 없었다. 불화는커녕, 형님 아우님 하는 순분과 사우디집의 관계처럼 찰떡궁합이었다. 보험여자는 하루 종일 고갯길이 마르고 닳도록 오르락내리락했고 임보살은 발로 뛰는 보험여자의 정보력을 요긴하게 활용했다. 트럭을 모는 남편 걱정에 한시도 마음 편할 날 없는 동네 여인을 불러 임보살이 자분자분 일러준 말은 둘의 상생 관계를 잘 보여주는 일례였다.

"집의 신랑이 사고를 당할 액운은 능히 임장군님께옵서 막아주실 것이나, 집의 신랑이 하필 도락구로 인해 액을 당할 수 백발백중이니, 이는 오랜 옛적에는 없던 일이라, 임장군님께옵서 자칫 도락구 차귀(車鬼)에 맞서 액막이하기가 힘겨우실지 모르니, 현대적으로다가 보험 처리를 해놓는 것이 만반 필수적 급 안전적일 것이라."

그리하여 삼벌레고개 중턱 여인들은 임보살의 것은 임보살에게, 보험여자의 것은 보험여자에게 바쳤고, 월말이면 계주인 순분에게 곗돈까지 꼬박꼬박 부었다. 그러면서도 아이들이 잔돈 몇 푼만 요구하면 잡아먹을 듯이 눈을 부라리며 먹고 죽으려고 해도 땡전 한 푼 없어 먹고 죽지를 못하는 자기 신세를 소리 높여 한탄하는 것이었다.

운문원에서 몇 걸음만 내려가면 김언년의 남편이자 4통 통장인 박가가 운영하는 구멍가게가 있었다. 어린 스파이들이 알아낸 바에 따르면 이름이 박철행인 이자는, 부지런한 만큼 말수도 많고 신심이 깊은 만큼 앙심도 깊은 남자였다. 그리고 막달이가 식모는 마땅히 그래야 한다고 믿고 따르는 것처럼, 박가도 통장이면 마땅히 그래야 한다고 믿는 대로, 관공서 관리들 흉내를 내어 그게 무엇이든 몇 할, 몇 푼, 몇 배, 몇 도 등으로 숫자화하는 버릇이 있었다.

박가의 가게 맞은편에는 늘 저능하고 과묵한 젊은 수학자가 앉아 있었다. 스파이들은 그의 이름을 알아내는 데 실패했다. 몇 번이나 물어보아도 수학자는 그 따위 사소한 것을 대관절 내게 묻는 것이냐 하는 얼굴로 고개를 절레절레 흔들었다. 그는 댓개비나 쇠꼬챙이 같은 걸로 자국도 남지 않는 시멘트 바닥에 도형을 그렸다. 자기 눈에만 보이는 투명한 도형을 뚫어져라 응시하며 복잡한 계산에 몰두하다 갑자기 고개를 번쩍 치켜들고 사방을 휘둘러볼 때면 삼벌레고개의 명물인 그의 코가 전모를 드러냈다. 그의 코끝은 불에 달군 엽전을 꾹 눌렀다 뗀 것처럼 동그랗게 눌렸는데, 하필 그 동전에 흙과 먼지가 잔뜩 묻어 있었던지 콧등의 땀구멍마다 검은 피지가 촘촘히 박혀, 흡사 얼굴 한가운데 검정깨를 박은 술떡을 매달고 있는 형국이었다.

어느 날 통장 박가가 바닥에 구정물을 뿌리고 들어가다 수학자를 보고 이렇게 말했다.

"팔 할 칠 푼은 곰딴지로세."

아닌 게 아니라 수학자는 지나치게 사색에 몰두한 나머지 크고 둥근 항아리처럼 비대해져 있었다. 그의 이름을 알아내는 데 실패한 스파이들은 혹시라도 그를 저주할 일이 생기면 곰딴지라는 주문을 외우기로 했다. 하지만 뚜벅이할배를 봐서라도 그런 일이 생기지 않기를 바랐다.

곰딴지의 아비인 뚜벅이할배는 아직 나타나지 않았다. 그래서 박가네 가게 평상에는 해골처럼 여원 괴상한 씨 혼자 앉아 민요를 흥얼거리고 있었다. 고성한이란 본명 대신 괴상한 씨로 불리는 이 사내는 생김새도 이상하고 직업도 불분명했지만, 무엇보다 아랫동네의 대저택에 사는 데다 미시즈 한이라 불리는 미인 화가를 부인으로 둔 점이 특히 괴상한 느낌을 주었다.

배 속이 비면 배를 채워야 하고
귓속이 차면 귀를 후벼야 하지
옴삭옴삭 밥은 퍼먹고
살곰살곰 귓밥은 파내라
알공달공 디어라 에헤야 디야

배 속이 차야 남의 일을 잘 돕고
귓속이 벼야 남의 말을 잘 듣지
뚝딱뚝딱 배를 만들고

출렁출렁 귀밝이술을 빚어라

알공달공 디어라 에헤야 디야

　괴상한 씨는 아무도 모르는 민요만 부르기 때문에 맞게 부르는지 틀리게 부르는지, 과연 그런 노래가 있기나 한지 알 수가 없었다. 드디어 뚜벅이할배가 윗동네에서 뚜벅뚜벅 걸어 내려왔다. 원과 은철은 뚜벅이할배의 걸음을 까무러치게 좋아했다.

　뚜벅이할배의 걸음은 뚜벅뚜벅이라고밖에는 표현할 수 없었다. 인간의 관절이 아니라 기계의 관절이 행하는 운동처럼 보이는 그의 걸음은, 이미 통과해버린 허공에마저 그 흔적을 뚜벅뚜벅 남기는, 그래서 보는 사람의 뇌리에도 그 독특한 움직임이 고스란히 각인되는, 아무리 보고 있어도 질리지 않는 걸음이었다. 스파이들은 뚜벅이할배의 이름도 알지 못했는데, 뚜벅이할배는 절대 저주받을 인물이 될 리가 없다고 생각해 이름을 묻지 않았기 때문이다. 괴상한 씨에 버금가게 마른 뚜벅이할배는 한때 이름을 날리던 씨름꾼이었고 씨름판에서 탄 황소를 팔아 곰딴지를 대학까지 보냈다는 소문이 돌았는데, 예리한 스파이들의 눈에는 아무래도 수학도였다는 아들과 씨름꾼이었다는 아비의 몸집이 뒤바뀐 게 아닌가 생각되었다.

뚜벅이할배가 평상 위쪽에 앉고, 괴상한 씨가 평상 아래쪽에 앉고, 그 사이에 원과 은철이 앉았다.

"개발기술이 무슨 뜻이에요, 아저씨?"

원이 괴상한 씨에게 물었다.

"개발기술? 그건 좋지 않은 거야."

"왜요?"

"개발이라든가 기술이라든가 하는 것은 도대체가 무자비한 거야. 자연스럽지도 않고 인간스럽지도 않아. 넌 갑자기 왜 그런 게 궁금해졌느뇨?"

"아저씨 노래에 나와서요."

"내 노래에?"

괴상한 씨는 깜짝 놀란 표정을 지었다.

"내 노래엔 개발이나 기술 같은 못된 내용은 절대 안 나오는데."

"나와요."

"어디에?"

원이 노래를 불렀다.

"뚝딱뚝딱 배를 만들고 출렁출렁 개발기술을 빚어
라."

"그렇지! 네가 제법 노래를 잘하는구나. 뚝딱뚝딱 배
를 만들고 출렁출렁 귀밝이술을 빚어라."

"거기에요"

"어디에?"

"개발기술을 빚어라에요."

"귀밝이술을 빚어라. 여기 어디?"

"거기요."

"어디?"

뚜벅이할배가 끼어들었다.

"아가야, 이 양반이 괴상하게 불러서 그렇지, 개발기
술이 아니라 귀밝이술이란다."

"기발기술이요?"

"그렇지."

"그건 무슨 뜻이에요, 할아버지?"

뚜벅이할배가 귀를 가리켰다.

"귀밝이술은 귀를 밝게 하는 술이야. 귀가 잘 들리게

하는 술. 정월대보름에 먹는 술이지."

원도 똑같이 귀를 가리키며 입술을 모아 물었다.

"귀 발 귀 술?"

"그렇지."

"아, 참 재미있는 말이네요. 귀발귀술. 귀발귀술."

조용히 앉아 있던 은철이 킥킥 웃었다. 하지만 귀발
귀술 때문에 웃은 건 아니었다. 은철은 조금 전에 배운,
이름을 반 갈라 두 개로 만드는 일에 완전히 몰두해 있
었다. 아빠는 만자 춘자, 엄마는 순자 분자, 형은 금자
철자, 통장집 식모는 막자 달자, 통장집은 언자 년자, 큰
형님은 정자 자자…… 은철은 웃겨서 살 수가 없었다.

운문원에서 공양내기로 일하는 똥순할매가 지나갈
때 뚜벅이할배가 수줍게 기립하는 때만 제외하면, 세
사내는 해가 질 때까지 그 자리에 앉아 있었다. 점심이
면 통장집 식모 막달이가 날라 오는 국수나 국밥을 먹
었다. 돈은 아무도 내지 않았는데, 그건 박가가 공짜로
대접을 해줘서가 아니라 괴상한 씨가 박가에게 다달이
돈을 맡겨놓고 셋의 점심을 부탁했기 때문이다. 밤이
면 동네 사내들이 술추렴을 하러 모여드는 박가네 가

게 평상을 둘러싸고 기묘한 삼각편대로 자리 잡은 이들 세 사내와 어린 스파이들이, 말썽쟁이 남자들이 모두 부재하여 아무 일도 일어나지 않는 낮 동안에 삼벌레고개 중턱을 지키는 파수꾼들이었다.

비밀은 꼭 바깥세상에만 존재하는 건 아니었다.

어느 날 어린 스파이들은 안채 부엌에 딸린 난쟁이 식모의 방에서 새로운 비밀을 탐구하고 있었다. 그들은 아랫도리를 홀딱 벗고 판이하게 생긴 서로의 성기를 관찰했다. 원이 자기 아랫도리와 은철의 아랫도리를 번갈아 가리키며 말했다.

"나는 아무것도 없고 주름이 졌는데 너는 살이 매달렸어."

"이게 고추야."

은철이 자랑스럽게 말했다. 원은 은철의 고추를 자세히 보았다.

"고추는 왜 남자애들한테만 달려 있을까?"

"부럽지?"

"안 부러워!"

순간 미닫이문이 홱 밀어젖혀지더니 난쟁이식모의 너부죽한 얼굴이 나타났다.

"쪼만한 것들이 참말로……."

난쟁이식모는 비식비식 웃으며 발음이 뭉개져 잘 알아들을 수 없는 위협의 말을 늘어놓더니 미닫이문을 탁 닫았다. 원이 후딱 아랫도리를 챙겨 입고 방을 뛰쳐나갔다. 은철은 잘 입혀지지 않는 옷을 입느라 울상을 지었다. 꿈속에서처럼 손발이 더디게 움직였다.

옷을 입고 밖으로 나왔을 때 은철은 밖이 너무도 환한 것에 놀랐다. 자로 잰 듯 일정한 두께의 그림자로 테를 두른 수돗가는 적막했다. 원도, 난쟁이식모도 보이지 않았다. 은철은 이상한 기분이 되었다. 봄의 한낮은 정물처럼 잠자코 아름다웠다. 혹시 어리고 연약한 무언가가 흐트러지거나 망가질지도 몰라 은철은 가만히 고개를 끄덕였다. 역시…….

난쟁이식모는 세상의 모든 비밀을 꿰뚫어 보고 있구나.

안덕규가 도둑이라는 사실도 난쟁이식모의 천기누

설을 통해 밝혀졌다. 안덕규에겐 가끔 손님들이 찾아왔는데, 난쟁이식모는 변소 뒤에서 그들이 작은 소리로 밀담을 나누는 것만 보고도 대번에 진실을 간파했다.

"쑤군쑤군하는 게 똑 도둑괭이들이구먼!"

난쟁이식모의 말을 엿듣고 전한 은철의 말에 원은 펄쩍 뛰었다.

"도둑깽이라고?"

"응. 도둑깽이랬어."

"우리 아버지가 도둑깽이라고?"

원은 도둑깽이, 도둑깽이 하고 얼이 빠져 중얼거렸다. 도둑깽이는 부지깽이 비슷한 게, 왠지 도둑놈이나 도적놈보다 훨씬 도둑을 하찮고 우습게 일컫는 말 같았다. 원은 현실을 비관하여 한 끼 밥을 토하고 괴로워했지만 결국 자기 아버지가 알리바바와 같은 도둑이며 그를 찾아오는 무리 역시 도둑 떼임을 인정하는 성숙한 스파이의 자세를 보였다.

그들이 수집한 정보로 미루어 봐도 덕규가 '한 식구'라고 일컫는 무리는 수상쩍었다. 그들 중엔 나이 든 사람도 있고 젊은 사람도 있었는데, 제대로 가정교육을 받지 못해서인지 잡혀갈까 봐 몸조심을 하는 건지, 늙건 젊건 새댁에게 인사할 때 자기가 아무개라고 통성명을 하는 법이 없었다. 그들은 잠깐 들렀다가 새댁이 서둘러 준비한 맛있는 간식도 먹지 않고 안바바를 데리고 어딘가로 사라지곤 했다. 그들 중 유독 자주 보아 낯을 익힌 도둑은 다섯 명 정도였다.

안바바와 다섯 명의 도둑 중에서 육식을 즐긴다는 한 사내는 어린 스파이들이 가장 두려워하는 도둑깽이였다. 처음 그를 본 날 원과 은철은 대경실색했다. 그는 우선 원의 팔꿈치를 붙들더니 손목을 간당간당 흔들어 본 다음 잔인하게 말했다.

"요렇게 가느다래서야 요렇게만 해도 대번에 분지르겠네."

그는 허공에서 엄지와 검지를 팩 돌리는 시늉을 했다. 그는 벗어나려고 바르작거리는 원의 발목을 붙잡아 그것도 엄지와 검지만으로 대번에 분지를 수 있는 굵기인지를 측정한 다음, 어서 빨리 자라 자기가 잡아 먹을 만큼 통통해지기를 바라는 눈빛으로 말했다.

"애야, 살 좀 찌거라."

그런 다음 그는 안채 마당에서 공포에 떨고 있는 은철을 불러냈다.

"너 요 녀석, 이리 와봐라. 엉덩이에 꼬리표를 붙여서 어디로 보내줄까? 북극에 보내줄까, 정글에 보내줄까? 아예 달나라로 쏘아버릴까?"

그런 끔찍한 말도 자꾸 듣다 보니 세뇌가 되어 원과 은철은 만약에 팔다리가 분질리고 엉덩이에 꼬리표가 붙여져 어딘가로 보내져야 한다면 북극과 정글, 달나라 중 어디가 가장 좋을지를 의논하는 지경에 이르렀다.

아둔해 보이는 그 사내가 보기와 달리 어찌나 약아빠졌던지 아무리 애교와 아첨을 떨어도 그의 이름을 알아낼 수 없었기에, 어린 스파이들은 부득이 별명으로 부적을 만들 수밖에 없었다. 그에 대해 아는 정보라고는 육식을 즐긴다는 것밖에 없었으므로 그들은 '육식이'라고 쓴 종이를 잘게 찢어 붉은 벽돌 가루에 버무린 다음 우물 주변에 뿌렸다.

김이 탄 날

그날은 좀처럼 일어나지 않는 일, 그러니까 새댁이
김을 굽다 홀랑 태우는 일이 발생한 날이었다.

　새댁은 점심엔 식은밥을 요리했다. 국밥도 하고 비
빔밥도 했지만 계란볶음밥을 만들어 먹는 적이 제일
많았다. 하도 자주 해 먹어 그 속에는 꼭 노르스름한 계
란볶음밥이 들어 있을 것만 같은, 속이 오목하고 손잡
이가 달린 반구형 프라이팬은 길이 잘 나서 건강한 풍
뎅이처럼 새까맣게 반짝거렸다.

　새댁은 프라이팬에 기름을 둘러 달구고 그릇에 계란
하나를 깨트려 저었다. 계란물을 반쯤 붓고 젓가락으
로 흩뜨린 후 찬밥을 넣었다.

"계란을 왜 다 안 넣어요, 어머니?"

"그래야 더 맛나다."

새댁은 놋숟갈로 밥을 꾹꾹 눌렀다. 떡처럼 켜를 이
룬 밥 밑에서 계란물이 갈색으로 구워지는 냄새가 났
다. 새댁은 프라이팬을 연탄불에서 내리고 전광석화처
럼 김을 한 장 구웠다. 그날 새댁이 잠시 딴생각을 하다
김을 태워먹는 순간 원은 앗, 소리를 질렀다. 원은 김이
타는 모습에서 어머니가 가장 아끼는 검정 레이온 속
치마가 타는 듯한 환각을 보았다. 새댁은 재가 된 김을
보고 작게 투덜거리더니 새로 한 장을 꺼내 구웠다. 그
리고 다시 프라이팬을 불에 올리고 남은 계란물을 부
었다. 새댁은 프라이팬 손잡이를 단단히 쥐고 놋숟갈
을 힘차게 휘둘렀다.

"눌은 놈도 있고 덜 된 놈도 있어야 맛이 골고루 나
거든."

밑바닥에 눌었던 갈색 계란물이 올라오고 새 계란물
이 밥알 사이로 퍼져 병아리색 계란볶음밥이 되었다.
새댁은 구운 김을 부숴 넣고 깨를 뿌리고 참기름 한 방
울을 떨어뜨렸다.

새댁과 원은 프라이팬을 사이에 두고 마주 앉았다. 프라이팬 옆에는 깍두기 보시기와 보리차를 가득 부어놓은 양은 주발이 있었다. 밥은 따로 덜지 않고 함께 먹었다.

"계란이 눌은 놈도 있고 덜 된 놈도 있고 찔깃한 놈도 있고 보들한 놈도 있으니 더 맛나지?"

"네, 어머니. 이건 찔깃한 놈이에요."

"그래서 계란을 한꺼번에 안 넣고 반씩 나눠 넣는 거다."

프라이팬 바닥에 눌어붙은 고소한 밥은 원의 차지였다. 안덕규는 맛있든 맛없든 음식은 소중하며 남은 음식은 막내가 긁어 먹어야 한다는 원칙을 갖고 있었다.

새댁은 프라이팬을 말갛게 닦아 부뚜막에 엎어놓고 방으로 들어왔다. 새댁은 원에게 외출용 바둑판무늬 원피스를 입히고, 영이 아끼느라 자주 신지도 못하다 작아져버린 분홍 타이즈를 신겼다. 그러나 정작 자신의 옷에 대해서는 결정을 못 내렸다.

검정 레이온 속치마 바람의 새댁이 서너 벌의 스커트를 펼쳐놓고 궁리를 하는 동안 원은 원피스 아래로 손을 넣어 허벅지를 따갑게 찌르는 타이즈 솔기를 살에서 떼어냈다. 타이즈는 다리를 조였고 비늘 같은 솔기는 살갗을 찔렀다. 영은 이런 타이즈를 용케 잘 신고 다녔고 거부당할 줄 알면서도 새로운 빛깔의 수많은 타이즈를 요구했다.

새댁은 스커트를 한 벌씩 끌어다 무릎에 얹어놓고 안감을 뒤집어보고 실밥을 떼고 길이를 비교했다. 남빛 플레어스커트가 가장 마음에 들었지만 진회색 타이트스커트에 대한 미련도 버릴 수 없었다.

"저는 이게 더 좋아요."

원이 남빛 플레어스커트 편을 들자 새댁이 진회색 타이트스커트를 쓰다듬으며 말했다.

"모르는 소리 마라. 이게 얼마나 좋은 감으로 한 건데."

새댁은 진회색을 먼저 입어보기로 했다. 북쪽 출신 여자답게 상체와 허리가 날씬한 대신 하체가 튼실한 편이라, 폭이 좁은 타이트스커트는 새댁의 허벅지를 타고 올라갈 때부터 시원스럽지 못하더니 엉덩이 부분에서 팽팽해졌다.

"흐으으읍!"

새댁은 허리를 채우기 위해 숨을 들이마셨지만 지퍼를 올리지 못했다. 허릿단을 쥔 손을 놓았지만 엉덩이에 꽉 끼인 진회색 스커트는 조금도 흘러내리지 않았다. 새댁은 기분 나쁜 동물을 만지듯 양손으로 엉덩이를 쓰다듬고 아랫배를 툭툭 쳤다.

"그새 몸이 이렇게 불다니."

폭이 좁은 스커트로 하체를 감싼 채 오른손을 허리에 얹고 말똥한 얼굴로 옆방과 통하는 미닫이의 문고리를 바라보는 새댁의 모습은 손잡이가 달린 커다란 꽃병 같았다. 미닫이문은 변함없이 안팎으로 잠겨 있었다.

옆방에는 중학교에 다니는 남매를 둔 병약한 여자가 세 들어 살고 있었는데, 원과 은철이 알아낸 바에 따르면 여자의 이름은 심정은이었고 남매의 이름은 진경수 진경미였다. 무슨 사정인지 몰라도 진씨임에 틀림없을 심여인의 남편은 같이 살지 않았다. 무뚝뚝하고 말이 없는 경수와 경미는 늘 울상을 한 채 시난고난 아프기만 한 심여인의 시중을 들고 있었다.

진회색 스커트를 벗은 새댁이 남빛 플레어스커트를 입을까 어쩔까 고민에 빠져 입술을 잘근잘근 씹고 있는데 원이 조그맣게 어머니, 하고 불렀다. 새댁은 기대의 눈빛으로 원을 바라보았다.

"넌 이 남색 치마가 그렇게도 좋으니?"

"그게 아니라요."

"그럼 어떤 것?"

"저는 타이즈를 안 신었으면 좋겠어요."

"타이즈?"

"가려워요."

"가려워서 타이즈를 안 신겠다고?"

"네."

"타이즈는 신어야 된다."

　새댁은 이렇게 말하고 벗어놓은 진회색과 남빛 치마의 허릿단을 겹쳤다. 남빛의 치수가 더 큰 걸 확인하자 얼굴이 환해졌다. 원이 다시 어머니를 불렀다.

"잠깐만 벗고 있으면 안 돼요?"

"그렇게 하렴."

　새댁은 남빛 치마를 입었고 원은 분홍 타이즈를 벗

었다. 새댁은 손을 뒤로 돌려 단번에 치마 호크를 채우고 지퍼를 올렸다. 그리고 회색 블라우스를 입더니 혀를 찼다.

"단추 하나가 달아났네."

"단추가 달아났다고요?"

단추가 떨어졌다고 하지 않고 달아났다고 한 말에 원은 잠시 다리의 가려움도 잊고 흥분했다.

"달아났다. 어디로 갔는지 모르니 달아난 거지. 그나마 맨 아래 단추라 다행이네."

새댁은 스커트 속으로 회색 블라우스를 집어넣고 거울에 옆모습을 번갈아 비춰 보았다. 그리고 원에게 다시 타이즈를 신기려다 딸의 연한 허벅지 안쪽을 따라 점선처럼 붉은 반점이 돋은 걸 보고 혀를 찼다.

"세상에 불쌍한 것! 그동안 이런 걸 신고 학교에 다녔구나."

새댁은 원이 아니라 영에 대한 동정심으로 눈물이 글썽해졌다. 그리고 시계를 보더니 당장에 연필과 종이를 가져와 원에게 편지를 받아쓰게 시켰다.

"어머니가 볼일이 있어서. 볼일이. 옳지. 볼일이 있어서. 동생하고 외출하니, 외출! 출 몰라? 치웋. 지웋 위에 꼭지 매단 게 치웋 아니니? 그래, 그게 출이야. 다음엔 에에…… 아니, 다음엔 에에는 쓰지 말고. 아이고, 막내 시집보내느니 내가 간다더니."

새댁은 원에게서 필기도구를 압수해 복덕방 영감을 감탄시킨 달필로 몇 초 만에 편지를 휘갈기고, 원에게 타이즈 대신 레이스 달린 양말을 신기고, 낡은 핸드백을 메고 방을 나와 문을 잠갔다. 수돗가에서 막대기를 부채꼴로 휘두르며 용감한 스파이 흉내를 내던 은철이 쪼르르 달려왔다.

"새댁아줌마, 어디 가요? 원아, 어디 가?"

"아줌마가 볼일이 있어 나간다. 영이누나 오면 열쇠 좀 전해줄 수 있지?"

은철은 서운한 얼굴로 열쇠를 받아 들었다. 은철의 부러운 눈길을 받으며 원은 화려한 외출에 나섰다. 그들 모녀는 통장집을 지나고 운문원을 돌아 폭이 넓은 삼벌레고갯길을 내려갔다. 박가네 가게 평상에는 조각처럼 뚜벅이할배와 괴상한 씨가 앉아 있고, 맞은편에는 곰딴지수학자가 쭈그리고 앉아 뭔가를 열심히 그리고 있었다.

삼십 분 넘게 버스를 타고 가는 내내 원은 멀미에 시달렸다. 목과 가슴 어디쯤에서 수십 개의 개구리알이 올챙이로 부화하는 느낌이었다. 새댁은 얼굴이 노랗게 된 딸을 데리고 버스에서 내려 사방을 둘러보았다.

하늘은 흐렸고 거리엔 먼지가 많았다. 새댁은 가방에서 쪽지를 꺼내 약도를 들여다보았다. 새댁이 찾아가는 곳은 동창 집이라 했는데, 원은 통장집과 구별이 되지 않았지만 그 차이를 물을 기운이 없어 잠자코 있었다.

동창 집은 낡고 오래된 기와집이었다.

"효경아!"

"문숙아!"

오랜만에 만난 두 동창은 반갑게 손을 잡고 인사를 나누고 이게 얼마 만인지 바삐 암산을 하더니 방에 마주 앉은 후에는 조용해졌다.

동창이 이렇게 먼 걸음 하기가 쉽지 않았을 거라고 하자, 새댁은 옛 우정을 생각하면 찾아와도 벌써 찾아

왔어야 할 걸 살다 보니 이렇게 얼굴 한번 보기도 어렵게 되었다고 말했다. 동창이 사람 사는 일이 다 그렇고 그렇다고 하자, 새댁은 사는 일이 다 그렇고 그렇긴 하지만 사는 일도 사람이 하는 일인데 힘껏 노력하면 조금이라도 나아지지 않겠느냐고 말했다.

동창이 의례적이고 소극적으로 말부리를 따면 새댁은 가능한 한 길고 장황하게 대답했다. 그러나 이상하게도 말을 먼저 꺼내는 쪽은 언제나 동창이었고 새댁은 침묵을 감내하며 동창이 어떤 화제든 먼저 꺼내주기만을 기다리고 있었다. 그들이 너덧 명의 동창 이름을 들먹거리며 지루한 대화를 이어나가는 동안 원은 얌전히 앉아 있었다.

"나 사는 게 이렇다, 효경아."

동창이 갑자기 손을 들어 자신의 살림살이를 멸시하듯 가리켜 보였다. 새댁은 동창의 살림살이를 돌아보고 고개를 끄덕였다.

"문숙이 네가 나보다는 형편이 나을 줄 알았는데. 상호 씨 직장이 안정적이라."

"직장이 있으면 뭐 하니? 여기저기 뜯기는 데가 얼마

나 많은지 몰라. 뜯겨본 적이 없는 사람은 이런 사정 모
를 거야."

"뜯기는구나."

"뜯기지. 뜯겨도 이만저만 뜯겨야 말이지."

이야기는 거기서 잠시 끊겼다.

"애들은 점점 커가는데."

"그래. 애들은 커가지."

두 동창은 우물에 빠져 죽은 노처녀 자매처럼 앞서
거니 뒤서거니 사이좋게 한숨을 쉬었다. 한참 만에 동
창이 원을 보고 말했다.

"어머, 애가 자고 있어."

"버스 타고 오느라 피곤했나 보다. 그만 일어나야겠
다."

"벌써 가게? 오랜만에 왔는데 밥이라도 먹고 가."

"밥때도 안 됐는데 뭘."

새댁은 딸의 뺨을 쓸어내리며 잠시 망설였다. 동창
은 밥도 새로 하고 고등어도 구울 생각이라고 말했다.
새댁은 마음을 정한 듯 고개를 저었다.

"또 가볼 데가 있어."

"그래? 잘됐구나."

"잘되긴…….."

"도움이 못 돼줘서 어쩌니?"

"얼굴 잠깐 보러 온 사람한테 무슨 그런 말이 있니?"

새댁은 원을 흔들어 깨웠다. 동창이 잠이 덜 깬 원의 손에 강제로 10원을 쥐여주었다. 원이 새댁을 올려다보았다.

"이거요?"

"아줌마가 주신 거니까 잘 갖고 있어라."

"네, 어머니."

"어머, 너를 어머니라고 부르네."

"애들 아버지가 그렇게 교육을 시켰어."

"이상해라. 애늙은이 같잖아?"

새댁은 싸늘한 웃음을 띠고 자리에서 일어났다.

"밥 먹고 가라니까."

새댁은 동창의 말을 못 들은 척하고 돈을 쥔 원의 주먹을 감싸며 꾸짖었다.

"아줌마한테 고맙습니다, 해야지!"

"고맙습니다."

"안녕히 계세요, 해!"

"안녕히 계세요."

"앞으로도 자주 놀러 와라."

동창이 가당찮은 말을 했음에도 새댁은 고집스럽게 말했다.

"네, 해야지!"

원은 정신이 하나도 없었다.

"네, 어머니."

"네 어머니가 아니라 네 아줌마!"

"네, 아줌마."

오랜만에 만난 두 동창은 원을 내세워 서먹한 대리 인사를 나누고 헤어졌다. 원은 잠기운이 가시지 않은 데다 줄곧 새댁이 시키는 대로밖에 하지 않아, 한 발을 떼고 다른 발을 디뎌야지! 하고 새댁이 말해주지 않으면 제대로 걸을 수도 없을 것 같았다. 그들 모녀는 낯선 골목을 되짚어 나와 버스 정류장에 도착했다.

"이제 집에 가요, 어머니?"

"아니다."

"어디 또 가는데요?"

새댁이 딸을 내려다보았다.

"원아!"

"네, 어머니?"

원은 자기를 좀 업어주었으면 하는 소망을 담고 올려다보았지만, 새댁은 갑자기 싸움닭처럼 사납게 볏을 세웠다.

"정말 다시없는 기횐데 아버지도 뭐라고는 안 그러실 거다. 다 갈 만하니까 가는 거야! 문숙이 아줌마도 저 살림에 그렇게 뜯기고 산다지 않니? 뜯긴다니, 그참 흉한 소리다. 가족끼리 돕고 살아야지 뜯긴다니. 그래도 이정도는 괜찮겠지. 괜찮겠지."

원은 무슨 소린지도 모르고 새댁의 괜찮겠지 괜찮겠지 하는 추임새에 맞춰 무거운 발걸음을 한 발짝 한 발짝 떼놓았다.

버스를 타고 십 분쯤 가서 내렸을 때 새댁은 약도도 꺼내 보지 않고 상점이 즐비한 거리로 들어섰다. 간판을 유심히 보며 걷던 새댁은 어느 큼직한 양복점 앞에 서서 상호를 확인하더니 누가 말리는 걸 뿌리치기라도 하듯 다급히 유리문을 밀고 들어갔다.

"어서 오십시오."

입구 왼편 재단실에서 푸른 셔츠를 입은 키 작은 청년이 나왔다.

"어떻게 오셨습니까?"

청년은 양복점 고객으로 보기 어려운 여인에게 어떤 말투를 쓰면 좋을까 가늠하고 있었다.

"사장님을 만나뵈러 왔는데요."

"지금 사장님께서는 안 계십니다만."

새댁은 청년의 말이 끝나기도 전에 가게 안쪽에 있는 사장실을 향해 거침없이 걸어갔다.

"무슨 일로 오셨습니까?"

청년이 잰걸음으로 뒤를 따랐고 그 뒤를 원이 종종대며 따랐다.

"사장님께선 언제쯤 들어오실까요?"

새댁이 사장실 소파에 앉을 듯한 자세로 묻자 청년은 미간을 찌푸렸다. 그는 깨끗하긴 하지만 절대 호화롭지 않은 모녀의 행색에 섣부른 판단을 내리고 가능한 한 성의가 없어 보이도록 대답했다.

"언제 들어오실지는 저도 모릅니다."

이번에도 새댁은 그의 말이 끝나기 전에 소파에 앉았을뿐더러 옆자리에 떨어진 검은 실밥을 줍더니 뒤따라 들어온 원에게도 거기 앉도록 시켰다.

"오늘 안에 들어오시겠지요?"

"오늘 안에 들어오시기야 하겠지만."

청년은 말끝을 흐렸다.

"여기서 기다릴게요."

새댁의 뻔뻔한 위세에 청년은 손에 쥐고 있던 핑킹 가위를 불만스럽게 찰칵거리다 재단실로 돌아갔다. 청년이 사라지자 새댁은 손을 이마에 대고 심호흡을 했다. 조용한 가운데 원이 몸을 움직일 때마다 타이즈를 신지 않은 맨다리에 소파의 가죽이 달라붙었다 떨어지는 찍찍 하는 소리와 재단실에서 들려오는 달그락거리는 가위 소리만 났다.

"커피 타드릴까요?"

어느 틈에 젊은 여자가 다가와 소파 팔걸이 곁에 서서 물었다. 여자는 양갈래로 땋은 머리를 동그랗게 말아 귀 뒤에 붙이고 강아지처럼 고개를 갸웃한 채 그들 모녀를 내려다보았다. 새댁은 거절했다.

원이 소파에서 일어나 조금씩 돌아다녔지만 새댁은 주의를 주지 않았다. 새댁은 소파에 접착된 듯 꼼짝하지 않고 앉아 반질반질 땀을 흘리며 소파에서 주운 검은 실밥을 손에서 놓지 않고 그 속에서 어떤 해결의 실마리라도 발견하려는 듯 집요하게 들여다보았다.

원은 사장실 밖으로 나가 재단실 문틀에 몸을 기대고 푸른 셔츠의 청년이 일하는 모습을 구경했다. 청년은 마침 가봉하러 온 뚱뚱한 고객을 상대하고 있었다. 청년은 고객의 주변을 몇 바퀴 빙빙 돌다 갑자기 유리라도 밟은 듯 뒤로 훌쩍 물러나더니 반대 방향으로 돌았다. 그는 꽤 큰 먹이를 발견하고 운반할 생각에 분주한 곤충 같았다. 그는 입에 물고 있던 핀을 뽑아 독침을 꽂듯 고객의 옷에 꽂았다. 그리고 혼자만 빙빙 도는 게 억울했는지 이번에는 고객을 제자리에서 빙빙 돌렸다. 그러고는 고객의 넙적한 등판 뒤에 숨어 좌우로 번갈아 목을 넣었다 뺐었다 했는데, 그것은 커다란 장독 뒤에 숨은 아이가 용의주도하게 술래의 접근을 살피는 양과도 같았다.

뚱뚱한 고객은 미덥지 못한 얼굴로 끈덕지게 사장의 행방을 물었고 그때마다 청년은 자기가 사장님께 직통으로 기술을 전수받은 일급 재단사라는 사실을 끈덕지게 강조했다. 원은 용기를 내어 재단대 앞으로 다가갔다. 크기와 두께가 다양한 가위가 재단대 위에 줄지어 놓여 있었고, 가장 작고 날렵해 보이는 가위 하나가 귀엽게 입을 벌린 채 흰 선이 그어진 양복 안감 위에 비스듬히 얹혀 있었다. 안감에는 노란 금실로 스티치된 흘림체 글씨가 쓰여 있었는데 그걸 본 원은 옷감에도 글씨를 쓸 수 있다는 사실에 적잖이 흥분했다. 또한 그 옆에는 매끈하고 잘 휘어 곡선의 치수를 마음껏 잴 수 있는 가죽끈 모양의 줄자도 있었는데, 줄자를 처음 본 원은 매를 때릴 수 없는 자도 있다는 사실을 한시바삐 주인집 아줌마에게 알려주고 싶었다. 그러면 자(尺)라는 물건을 측정하기보다 타작하는 데 쓰는 순분으로서는 그토록 무용한 자의 존재에 심히 의혹을 품을 것이었다.

뚱뚱한 고객은 끝까지 안심한 표정을 보여주지 않고 가봉한 양복을 벗어놓고 돌아갔다. 원은 젊은 재단사와 단둘이 남는 것이 두려워 사장실로 돌아왔다.

볼이 안으로 빨려 턱의 모가 한층 두드러져 보이는 사장 안덕수가 드디어 사장실에 들어섰다. 그들의 상봉에 대한 궁금증으로 푸른 셔츠의 재단사는 작은 눈을 반짝였다. 새댁이 원에게 나지막하게 말했다.

"큰아버지시다!"

이럴 땐 무조건 인사부터 해야 했다.

"안녕하세요!"

"얘가 바로……."

덕수가 새댁을 보았다.

"작은앱니다."

"오호, 작은애! 그러니까 둘째로군요."

덕수는 허리를 굽혀 원에게 이름과 나이를 묻고 아직 학교에 안 다니는 걸 확인하고 그것도 모자라 정확한 생년월일까지 물었다. 원에게서 얻을 수 있는 정보를 다 얻어낸 후에야 비로소 덕수는 새댁에게 자리를 권하고 자기도 자리에 앉았다.

"누님……."

덕수는 말을 길게 끌어서 재단사로 하여금 사장과

새댁이 시숙과 제수 간이 아니라 혹시 남매간인가 착각하게 만들어놓고는, 뜻도 모를 말을 불쑥 내놓았다.

"바로 그해로군요."

"원이 나오기 보름 전이었지요. 그래서 상가에도 애들 아버지 혼자 갔었죠."

새댁은 말을 맺고 입꼬리를 조금 비틀었다.

"모든 게 계획적이었답니다. 다 준비해놓고 저지른 일이었어요."

덕수가 한숨을 쉬며 말했다.

"그랬다고 들었습니다."

새댁이 말했다.

덕수는 다시 한숨을 쉬려다 말고 왜소한 체구를 벌떡 일으켜 입구로 걸어가 커피니 분유니 하는 말을 절도 있게 지시하고 돌아왔다. 그는 자리에 앉자마자 제수씨가 오늘 여길 찾아온 건 아주 잘한 일이다, 진즉에 찾아왔어야 하지만 지금도 늦지 않았다고 말했다. 그러나 새댁은 조금 전에 동창을 만났을 때처럼, 살다 보니 얼굴 한번 보는 것도 이렇게 어렵다는 식의 살가운 대답으로 맞장구를 치지 않았다. 덕수는 우리가, 즉 자기와 제수씨가 서로 의논성 있게 이야기를 많이 나누는 것이 그 녀석에게도 도움이 될 거라고 말했다. 그래도 새댁은 침묵을 지켰다. 덕수는 그래야 그놈도 정신을 차리고 제수씨하고 아이들도 편하게 살 수 있게 될 거라고 했다.

강아지를 닮은 여자가 찻쟁반에 커피 두 잔과 분유 한 잔을 받쳐 왔다. 새댁은 원이 먹을 분유를 스푼으로 저어주었다. 덕수는 커피를 한 모금 마시고 제수가 분유를 젓는 것을 지켜보았다. 원은 가루를 많이 풀어 죽처럼 걸쭉한 분유를 스푼으로 떠먹기도 하고 조금씩 마시기도 했다. 새댁은 손을 맞잡은 채 자기 몫의 커피잔을 내려다보고만 있었다.

"그 녀석이 여적도 정신을 못 차리고 경락인가 뭔가 시늉만 하면서 몹쓸 짓거리에 가담하고 있다고 들었는데……."

원은 분유 스푼을 빨다 말고 스파이답게 귀를 기울였다. 원의 귀에 '경락인가 뭔가'라는 말은 '경나귀인가 뭔가'로 들렸고, 경나귀는 나귀의 일종으로 생각되었고, 그러자니 자연스레 '아버지는 나귀 타고 장에 가시고' 하는 노래가 떠올랐고, 잇달아 안바바와 다섯 도둑이 경나귀를 타고 장에 도둑질하러 가는 모습이 떠올랐다. 아버지가 도둑이라는 걸 큰아버지도 알고 계시다니, 원은 흥분도 되고 안심도 되었다.

"내가 그놈 안 보고 산 지가 얼만데 이런 얘길 어디서 듣는 줄 아세요? 저쪽에서 벌써 녀석 근황을 다 꿰고서 나한테 연락을 합니다. 이게 무슨 뜻입니까? 이게 무슨 뜻이겠어요, 제수씨?"

새댁은 그게 무슨 뜻인지 맞추려고 하지 않았다. 원도 그게 무슨 뜻인지 몰랐지만, 큰아버지가 일컫는 그놈이 아버지이며, 큰아버지가 아버지의 범죄행위를 매우 못마땅하게 여기고 있다는 것만은 알 수 있었다. 그러니 어머니가 토라져서 말을 안 하는 것이다. 어머니의 동창인 문숙이 아줌마는 어머니를 어머니라 부르도록 한 아버지의 교육방침을 살짝 비난하는 것만으로도 어머니의 싸늘한 진노를 사지 않았던가.

원은 분유를 반쯤 먹고 푸른 셔츠의 재단사에게 다시 가보았다. 원이 이것저것 만져도 재단사는 나무라지 않았다. 원이 새로운 용건을 품고 사장실로 돌아왔을 때 새댁은 부들부들 떨리는 목소리로 덕수에게 호소하고 있었다.

"얘들 고모님을 생각해보세요, 아주버니."

"내 말이 그 말입니다. 누님은 천재였어요. 그렇게 재주가 많던 우리 누님이 왜 그렇게 됐습니까? 제수씨야말로 생각을 좀 해보세요."

"고모님을 그렇게 만든 사람들 생각을 해보세요, 아주버니."

"오오, 제수씨. 제가 지금 바로 그 사람들 얘기를 하는 게 아닙니까?"

덕수는 목을 쥐어짜는 소리를 내더니 자기 것이 아닌 줄도 모르고 새댁의 커피 잔을 들어 훌쩍 마셨다.

"제수씨, 세상일이 그렇게 호락호락하지 않습니다. 그때나 지금이나 때가 어느 땐데요. 제수씨가 잘 몰라서 그렇지 상황이 점점 안 좋아지고 있습니다. 제수씨도 계속 교편을 잡았어야 했어요."

덕수의 말을 듣고 있는 새댁의 옆얼굴에는 탁자 모서리에 놓인 석고 성모상을 닮은 가련하고 슬픈 표정이 깃들어 있었다. 덕수의 시선은 새댁의 갸름한 뺨의

윤곽선을 따라 내려오다, 양 버선코를 맞대 얼굴 윤곽을 뜬 듯 보이는, 턱 밑 한가운데 보조개처럼 살짝 파인 지점에 머물렀다. 잠깐의 침묵 속에서 원은 어른들 말씀을 중간에 자르는 버르장머리 없는 아이가 되지 않을 기회를 포착했다.

"제가요."

각자의 생각에 빠져 있던 덕수와 새댁이 화들짝 놀라 원을 보았다.

"단추를 갖고 놀아도 돼요, 큰아버지?"

"단추?"

덕수가 앙상한 무릎을 내리쳤다.

"단추! 여긴 단추가 아주 많다."

그는 왠지 자꾸 단추란 말을 되풀이하고 싶은 것 같았다.

"미스터 정한테 안 쓰는 단추를 달라고 해라. 아니, 아무 단추나 달라고 해라. 단추를 집에 가지고 가도 된다. 이럴 게 아니라, 어이, 미스터 정! 미스터 정!"

재단사가 문 앞에 나타나자 덕수는 단추란 말에 즐거운 강세를 주면서 단추를 모아서 봉투에 담아주라고, 조카딸애가 갖고 놀게 예쁜 단추로만 골라주라고 일렀다. 재단사는 놀란 듯 볼을 살짝 붉히더니 자기 옷의 단추라도 떼어줄 듯 시원스레 대답했다.

"알겠습니다, 사장님!"

큼직한 양철통 가득 담긴 단추 중에서 마음에 드는 단추를 고르는 건 어려운 일이었다. 사장실로부터 큰아버지의 목소리가 일정한 톤으로 들려왔다. 원은 욕심 부리지 않고 자기 나이에 맞게 딱 일곱 개만 골라 가질 생각이었지만, 마음에 드는 단추가 많아 부득이 개수를 언니 나이만큼 올리지 않으면 안 되었다. 옆에서 재단사가 투박하고 밉살스러운 단추를 들이밀며 계속 방해를 했지만 원은 신중을 기하여 어머니의 회색 블라우스에 어울릴 만한 단추 하나와 열두 개의 예쁜 단추를 선발했다. 재단사는 선발된 단추 중에 자기가 권한 것이 한 개밖에 포함되지 않은 데 불만을 품고 단추 개수를 대폭적으로 늘려 가질 것을 종용했다. 원은 주저했다. 그때 새댁의 목소리가 들려오지 않았다면 원은 어쩐 일인지 단추를 계속 '보당'이라고 부르며 '보당'을 제발 더 가져가달라고 애원하는 재단사의 유혹에 넘어갔을지도 모른다. 원은 얼른 사장실로 돌아와 소파 끄트머리에 앉았다.

"제가 여기 온 까닭은 아주버님도 아시다시피 아이들도 컸고……."

새댁은 볼에 홍조를 띠고 침의 맛을 음미하듯 마른입을 다셨다.

"방이 하나 따로 필요한데 마침 옆방이 비게 돼서 염치 불고하고……."

덕수는 가난하고 무능한, 그러면서도 자기 충고는 귓등으로도 듣지 않는 고집스러운 친지들의 등쌀에 시달리는 괴롭고 외로운 부자의 표정을 지어 보였다. 새댁은 굳은 얼굴로 그의 대답을 기다렸다.

"방 얻을 돈이 얼마나 필요합니까?"

새댁이 조그맣게 액수를 말하자 덕수는 기습적인 간지럼 공격을 당한 사람처럼 홍소를 터뜨렸다.

"하긴 오늘은 그 정도밖에는 달리……."

덕수는 청원인의 용무를 빨리 처리해주는 착한 관리처럼 또 한 번 소파에서 벌떡 일어났다. 그는 벌써 사장실 입구에 달려와 있는 재단사에게 낮고 빠른 말투로

지시를 내렸고, 입을 살짝 벌리고 열심히 듣고 있던 재단사는 똑같은 용건을 경리 여자에게 전달했고, 경리 여자는 지체 없이 양복점 상호가 금박으로 인쇄된 흰 봉투를 가져왔다.

"오늘은 이 정도밖에 안 되지만 내일 이맘때 다시 오세요. 꼭 오셔야 합니다, 제수씨. 내일은 미리 준비를 해둘 수가 있으니까요."

덕수는 마음을 빼앗긴 여인에게 재회를 청하는 말투로 거듭 다짐을 두며 봉투를 내밀었다. 새댁은 말없이 봉투를 받아 핸드백에 넣었다.

"어떻게 우리 조카따님께서 단추는 많이 골라 가졌나?"

덕수의 물음에 재단사가 원을 앞질러 생색을 냈다.

"조카따님께선 쬐끄만 와이샤쓰 속보당 같은 걸로만 골라 가졌습니다. 소데에 다는 거북이보당 하나는 제가 골라줬습니다만."

"그랬어?"

아내도 자식도 없이, 더구나 하나밖에 없는 동생과는 절연하고 사는 외톨이 사내 안덕수가 별안간 달려

들어 원을 번쩍 안아 올렸다.

"너는 큰아버지가 양장점을 했더라면 더 좋았겠구나."

그는 자기가 농담을 하면 누가 웃지 않겠는가 하는 얼굴로 주변을 둘러보았다. 원이 높이 들렸다 내려오는 순간, 돌연 목뼈가 부러진 게 아닐까 싶을 정도로 재단사가 맹렬히 목을 뒤로 젖히며 웃기 시작했고, 강아지여자는 입을 가리고 몸을 앞뒤로 흔들며 킥킥거렸다. 들어 올렸다 내려져 약간 얼이 빠진 원과 새댁만이 끝까지 웃지 않았다.

안덕수는 양복점 앞 유리 진열대 앞에서 그들 모녀를 전송했다. 재단사는 사장의 등 뒤에서 꾸벅 절을 하고 눈에 힘을 주어 사장의 제수라는 여인의 특징을 단단히 기억했다. 앞으로 저 여인이 오면 잊지 않고 융숭한 대접을 하겠다는, 결코 다시 오지 않을 기회에 대한 결의를 가슴 깊이 새기면서.

새댁은 비좁은 골목을 하염없이 파고들어갔다. 원은 새댁을 쫓느라 뛰다시피 했다. 새댁이 도착한 곳은 지붕이 반은 부서지고 문짝이 찌그러져 문도 제대로 잠글 수 없는 더러운 공중변소였다. 원을 문 앞에 세워놓고 새댁은 변소로 들어갔다. 원은 변소 문을 등지고 서서 구역질을 참으며 새댁이 볼일을 마치고 나오기를 기다렸다.

톡. 뭔가 하늘에서 떨어졌다. 원은 콧등을 닦았다. 손에 물기가 배었다.

"비 와요, 어머니."

"비가 와? 우산도 안 가져왔는데 어쩌니?"

변소 앞이라 비에서도 고약한 냄새가 나는 것 같았다. 변소에서 나온 새댁은 오른팔을 옆구리에 딱 붙인 자세로 원을 오른편에 딱 붙어 서게 했다. 그들은 골목을 빠져나와 사거리를 건너 버스 정류장으로 갔다.

"에잇!"

생각에 몰두하다 진창을 밟은 새댁은 걸음을 멈추고 상체를 숙였다. 스타킹의 발목 부분에 걸쭉한 흙탕물이 튀었다. 새댁은 가방을 열고 어느 틈에 내용물이 비어버린 흰 봉투를 꺼내 가장자리를 접어 발목에 튄 진흙을 조심스레 닦아내고 봉투를 구겼다. 그리고 그 자리에 쪼그리고 앉아 소리 죽여 흐느끼기 시작했다. 원도 그 옆에 앉아 같이 울었다. 저녁 비는 거리에 어두운 막을 씌우며 가늘고 줄기차게 내렸다. 한참 만에 새댁이 코 막힌 소리로 말했다.

"그만 울자, 원아."

"네, 어머니."

"비를 좀 맞아도 괜찮겠지?"

"네, 어머니."

"그럼 우산은 사지 말고."

"우산을 안 산다고요?"

원은 울음을 그치느라 정신이 없어 파란 비닐우산 속에서 비닐 위에 떨어지는 빗방울을 바라볼 수 있는 즐거움을 놓친 게 억울했다.

"대신에 뭐 좀 맛있는 걸 사 먹고 가자."

새댁은 원을 데리고 길모퉁이에 있는 국숫집으로 들어갔다. 뿌연 김이 서린 국숫집 안에서는 구수한 다시 국물 냄새가 났다. 탁자에 자리를 잡고 앉은 새댁은 수백 번이나 음식을 사 먹어본 사람처럼 능숙하게 냄비 국수 두 그릇을 주문했다.

납작한 냄비 두 개가 그들 앞에 놓였다. 냄비에 담긴 국물 한가운데 얇은 흰자막에 싸인 익은 계란이 있었다. 오뎅과 김 가루와 파가 동동 뜬 사이로 반투명한 국수 다발이 보였다. 새댁이 고춧가루를 조금 뿌려줄까 물었지만 원은 고개를 저었다. 새댁은 자기 냄비에 고춧가루를 뿌리고 딸의 냄비에서 다시마와 푸른 쑥갓을 건져간 대신 자기 냄비에 들어 있던 오뎅을 건져주었다. 원은 계란 노른자가 흩어지지 않도록 조심하며 국수를 저어 먹기 시작했다.

"맛나니?"

"네, 어머니."

잠시 후에 원이 물었다.

"어머니는요?"

"나도 맛나다."

그들 모녀는 묵묵히 먹기만 하는 걸 견딜 수 없다는 듯 한입 먹고 서로를 힐끔 보고 또 한입 먹고 힐끔 보았다.

"국물이 제법 뜨겁다, 원아. 입천장 데지 않게 조심해야 한다."

"네, 어머니."

"계란이 잘긴 해도 온거다. 안 그러니?"

"네, 온거! 온거예요. 흐트러지지 않은 온거예요, 어머니."

원은 오뎅을 건져 후후 불어 잘라 먹었다.

"이 오뎅은 사투리 아줌마가 파는 거하고는 맛이 틀려요, 어머니."

"그렇게 맛난 오뎅은 별로 없지."

"어머니는 왜 오뎅 안 먹으세요?"

"다시마하고 쑥갓도 맛있으니까. 그런데 원아."

"네, 어머니."

"어른들께 말할 때는 안 먹으세요 하는 게 아니라 안 잡수세요 하는 거다."

"맞아요. 안 잡수세요."

"그래."

"근데요 어머니."

"그래."

"이거 잡수신 거 언니한텐 말하지 말까요?"

새댁은 단무지를 씹으며 웃었다.

104

"그래, 말하지 말자. 영이는 예쁜 타이즈 사주면 되니까."

"발이 척척해요, 어머니."

"양말이 젖어 그렇지. 국수 먹고 나가기 전에 벗자. 네 말대로 타이즈 안 신길 백번 잘했구나."

"백 번이나 잘했어요, 어머니?"

"그래, 백 번이나 잘했다."

식사를 마친 새댁은 원의 양말을 벗겨 핸드백에 넣고, 이번에도 역시 외식을 식은 죽 먹듯 해온 사람처럼 별로 뽐내는 기색도 없이 지폐 한 장을 꺼내 담담히 계산을 치르고 잔돈을 받았다.

문 앞에서 비닐우산을 파는 소년이 우산을 내밀었지만 새댁은 사지 않았다. 불빛과 비 때문에 거리는 한결 혼잡해 보였다. 새댁은 오른쪽 옆구리에 팔을 붙인 채 딸의 손을 꼭 잡고 남의 우산살에 찔리지 않도록 조심하면서 버스를 타러 바삐 걸어갔다.

차장이 문을 닫지 못할 만큼 버스는 붐볐다. 습기 찬 버스 안에서는 시큼한 땀내와 구린 입내와 머릿기름 냄새가 났다. 새댁은 원을 오른쪽 옆구리에 바짝 붙여 세우고도 경계심을 풀지 못했다. 터지기 쉬운 창자를 가진 벌레처럼 누가 조금만 몸을 부딪쳐도 꿈틀거리며 놀랐다.

새댁의 옆구리를 호위하는 원도 몸속에 갇힌 올챙이 떼가 바깥으로 튀어나오려는 멀미 증상 때문에 괴로워하고 있었다. 올챙이들은 원의 목줄띠쯤에서 쉴 새 없이 꿈틀대고 있었다. 갑자기 버스가 터널 속으로 들어간 것처럼 캄캄해졌다. 얼굴과 손발이 서늘해지면서 힘이 쭉 빠졌다. 아무 눈치도 못 챈 새댁이 기울어지려는 원의 어깨를 당겨 세우며 말했다.

"이제 내리자."

새댁은 버스에서 타고 내릴 때 가장 조심해야 할 대상이 소매치기라는 것만 알고 있었다. 그러나 다른 것도 조심할 필요가 있었다. 버스가 정류장에 멈추기 위해 서행하자 원의 멀미가 폭발했다. 원은 분수처럼 토했다. 내리려고 문 앞에 서 있던 아가씨의 바지 위로 토사물이 줄줄 흘러내렸다. 아가씨의 바지는 설탕처럼 흰 바지였다. 차장은 세 여자를 정류장에 내려주고 욕지거리를 퍼붓더니 버스를 탕탕 두드리고 가버렸다.

새댁은 핸드백에서 원의 젖은 양말 한 짝을 꺼내 들고 아가씨의 흰 바지에 달라붙은 토사물을 털어내기 시작했다.

"미안합니다, 아가씨. 정말 미안합니다."

"괜찮아요. 어차피 집에 가는 길인데요."

흰 바지는 백설공주처럼 착한 아가씨였다.

"이렇게 예쁜 바지에⋯⋯."

"집에 가서 빨면 돼요. 비도 오는데 그만하세요."

"비야 괜찮지만, 이렇게 흰 바지에⋯⋯."

새댁은 아가씨의 바지에 묻은 국수 가락을 털어내면서도, 흑심을 품은 사람이라면 누구나 그녀의 어디를 어떻게 낚아채야 하는지 손쉽게 알 수 있도록 오른팔을 파닥거리며 옆구리를 눌렀다 뗐다 했다. 얼룩바지 아가씨는 송구스러운 얼굴로 작별 인사를 하고 그때까지 펴지 못했던 우산을 가까스로 펴 들고 총총히 사라졌다. 삼벌레고개 아랫동네 저택에 사는 아가씨임에 분명했다.

"잘 가요!"

새댁은 곰배팔이처럼 오른쪽 옆구리에 팔을 딱 붙인 자세로 더러운 양말을 흔들어 아가씨를 배웅했다. 그리고 남은 토기를 땅바닥에 마음껏 쏟아내고 개운한 얼굴이 되어 서 있는 원 앞에 와서 토사물을 들여다보았다.

"이런! 분유 먹은 것까지 다 토했구나."

새댁은 흰 바지 아가씨에 대한 미안함에도 불구하고 끝까지 꺼내지 않고 아껴두었던 원의 양말의 다른 짝을 꺼냈다.

"코 닦자."

새댁은 딸의 연한 코가 쓸리지 않도록 발목에 달린 레이스를 젖히고 코를 풀어주었다.

"저 언니 되게 멋쟁이지요, 어머니?"

새댁은 딸의 목부터 등허리까지의 경혈을 꼭꼭 눌렀다.

"멋쟁이인 데다 아주 착하기까지 하구나. 네 말대로 국수에 고춧가루 안 넣길 백 번 잘했다. 흰 바지에 빨간 물까지 들었으면 어쩔 뻔했니?"

속이 개운해진 원은 갑자기 미칠 듯한 행복감에 빠

져들었다.

"제 말대로 하길 잘했지요, 어머니? 타이즈도 그랬고 고춧가루도 그랬고. 제 말 듣길 백 번 잘했지요? 두 번이니까 이백 번 잘했지요, 어머니?"

원이 코맹맹이 소리로 마구 외쳐댔다.

"그래, 이백 번 잘했다."

모녀는 비를 맞으며 삼벌레고갯길을 오르기 시작했다.

"너도 잘했고 나도 잘했으니 사백 번 잘했다. 느이 아버지도 뭐라고는 못 하실 거다. 그런 위험한 일을 그렇게 허술한 데서들……. 그래, 이번 일 가지고 그이도 더는 뭐라고 못 하겠지. 이제 다시는 안 갈 거니까. 딱한 번만…… 딱 한 번만…… 뜯어낸 거니까."

새댁 목소리는 점점 우는 소리가 되어갔다. 그 앞에서 원이 폴짝폴짝 뛰어갔다.

안바비와 다섯 명의 도둑

곗날 아침, 은철은 안방 구석에 놓인 선풍기 뒤에 엎드려 종이돈을 만들고 있었다. 바람에 종이돈이 날리기도 하고 스파이로서 몸을 숨겨야 하기도 해서, 덥지만 선풍기 앞에 나설 수 없었다. 오전에는 계모임을 엿듣는 스파이 노릇을, 오후에는 새댁네서 은행놀이를 해야 하는 바쁜 일정이었다.

 우물집에서 이에 못지않게 바쁜 사람이 난쟁이식모였다. 난쟁이식모는 순분이 계 '오야'로서 화려한 사교생활을 즐기는 탓에 시도 때도 없이 드나드는 여자들 간식 해대랴, 곗날이면 계원들 밥해대랴 허구한 날 과로에서 헤어나지 못했다. 원과 은철은 난쟁이식모에게 이름을 묻지 않았다. 그건 뚜벅이할배처럼 좋아해서가 아니라 두려워해서 그런 것이었다. 순분이 '숙아' 하고 부르는 것으로 미루어 무슨무슨 숙이겠지만, 세상의 비밀을 다 알고 있는 그녀에게 괜히 얕은수를 썼다가 저주를 받게 되면 큰일이었으므로 원과 은철은 그녀 앞에서는 가능한 한 스파이로서의 본색을 숨겼다.

난쟁이식모가 아침 설거지를 마치기도 전에 남 먼저 달려온 계원은 역시 사우디집이었다. 뒤를 이어 우호적인 사업 파트너 관계인 임보살과 보험여자가 나란히 입장했다. 화장하던 순분의 손길이 바빠 눈썹이 비뚤어지자 사우디집이 연필을 빼앗아 침을 발라 삐친 데를 지우고 날렵하게 눈썹을 그려주었다.

"하여간 아우님 솜씨는 알아줘야 한다니까. 참, 임보살님, 내가 바깥채 새댁네 집안에 자살한 영가가 있다는 얘기를 했던가요?"

순분의 말에 임보살은 열렬한 관심을 보였다. 하지만 순분은 그 얘기를 서둘러 풀어놓으려 하지 않았다. 이만한 얘깃거리라면 계원들이 다 모였을 때 하는 게 재미날 터였다.

"아따, 아침부터 푹푹 찌네."

순분은 양손을 갈퀴처럼 만들어 머리칼을 북슬북슬 띄우고 윗도리 단추를 채웠다. 단추가 채워지는 동안 큰형님과 통장집이 들어왔다.

"큰형님, 어서 오셔요. 지금 우리 형님께서 새댁네 집 안에 자살한 영가가 있다는 얘기를 하려던 참이랍니다."

사우디집의 말에 큰형님보다 통장집이 더 관심을 보였다. 둘러앉은 여인들은 순분의 입에서 어떤 극적인 얘기가 쏟아져 나올까 궁금한 나머지 목구멍이 바르르 끓어올랐다.

"바깥채 새댁한테 손위 시누가 하나 있었답니다."

순분이 얘기를 시작했다.

"그 집 신랑의 누나인 심이죠. 그이가 어려서부터 그렇게 피아노를 귀신같이 잘 쳐가지고 상이란 상은 줄줄이 타먹었답니다. 고녀 다닐 때도 무슨 큰 대회에 나가서 일등상을 탔다네요. 일등상 탄 사람은 미국에 보내주고 이등상 탄 사람은 일본에 보내주기로 돼 있었는데, 이등 먹은 이는 먼저 일본 가고 새댁네 시누는 미국 갈 날만 받아놓고 있다가 그만……."

순분의 얼굴이 비장해지자 계원들은 설마 그렇게 좋은 날을 받아놓고 자살했을 리야 싶어 숨결이 거칠어졌다.

"육이오가 터진 거라."

"아! 육이오사변!"

"하필 동란이 났구먼."

다들 중얼중얼 고개를 끄덕였다.

"미국 갈 마음에 하마하마 기다리다 피난도 안 가고 서울에 남아 있었는데 덜컥 인민군이 들어왔답니다. 피아노도 잘 치고 유명하고 상도 타먹고 그랬다니까 그놈들이 가만 내버려두질 않고 선전대에 집어넣고 이거저거 해서 잔뜩 부려먹었대요."

"그러게 내가 뭐래요? 너무 잘나도 신역이 고되다니까."

새댁에게 모종의 경쟁심을 갖고 있던 통장집이 톡 쏘았다.

계속된 순분의 말에 따르면, 새댁네 시누는 서울이 국군에 의해 수복된 후 빨갱이한테 부역한 혐의로 끌

116

려가 온갖 고초를 당하고 나왔다는 것이다. 그리하여 약간 정신이 들락날락하는 상태로 얼마간 지내다가, 그다음부터 피아노는 절대 치지 않고 대신 피아노와 비슷하게 생긴 재봉틀에 앉아 옷 만드는 일을 했다고 한다. 하지만 불행은 거기서 끝나지 않았다고 순분이 표정을 싹 바꾸며 말하자, 계원들은 아연 긴장했다.

"손재주가 좋아서 단골도 늘고 옷집도 자리를 잡아 가는가 싶던 어느 날!"

"어느 날?"

"밤중에 계단에서 내려오다 뒤통맞게 굴러떨어지는 바람에……."

"어머나!"

"골반뼈가 깨져서……."

"저를 어째!"

"앉은뱅이가 되고 말았답니다."

"아이고, 세상에나!"

계원들의 격한 반응에 순분은 만족했다.

"참 사람 사는 게 별일이지요. 새댁네 시누가 그렇게 병신이 돼가지고 앉아 뭉개면서 제일로 문제가 되는 게 뭐였겠어요? 계원님들 생각에, 응? 응?"

문제가 되는 게 한둘이 아니었을 터인지라 여인들은 저마다 고민에 빠졌다. 큰형님은 하루 세끼 밥 끓여 먹을 일이 걱정이었고, 보험여자는 고객 관리를 못해 직장에서 쫓겨날 일이 아득했다. 임보살은 앉은뱅이 축귀에는 명월신님과 임장군님 중 어느 편이 영험하다고 우기면 좋을까를 저울질했고, 통장집은 앉은뱅이가 되어서야 어찌 애를 배고 낳고 할지가 걱정이었다. 팔자가 늘어진 사우디집만이 아무 생각 없이 연속극의 다음 편을 기대하는 얼굴로 순분을 바라보았다.

"똥이었다 그래요, 똥!"

"똥?"

그 생각을 미처 못 한 여인들이 단체로 외마디소리를 질렀다.

"몸뚱이를 자유자재로 놀리질 못하니까 똥이 딴딴하게 뭉쳐가지고, 거기다 어디 혼자 똥을 누러 갈 수나 있나요? 나중엔 시다가 그이를 옆으로 뉘어놓고 젓가락으로 똥구멍에서 똥을 파냈다니 말 다 했지요. 앉은뱅이 된 지 석 달 만에 자살했대요, 글쎄. 나이 서른셋에."

여인들은 한결 비극적인 정조를 실어, 아이고 세상에나, 를 합창했다. 서른셋인 보험여자의 목소리가 제일 드높았다. 새댁의 시누는 시다를 사흘 동안 고향 집에 다녀오라고 보내놓고 첫날도 이튿날도 아닌 사흘째되는 날 약을 먹었다고 했다. 죽은 후에 혼자 오래 누워있기가 싫었던지 오후 세시쯤 시다가 돌아왔을 때 몸도 덜 식은 채 죽어 있더라고 했다.

"그래서 새댁네가 이 삼벌레고개로 이사를 왔구먼."

임보살이 눈을 빛내며 말했다.

한때 임보살은 삼벌레고개의 '삼'에 착안하여, 삼보니 삼단이니 삼불후니 삼신할미니 '삼' 자로 시작하는 온갖 말을 주워섬기다가, 급기야는 이 동네 남자들이 박가네 평상에서 삼세판 내기를 하는 것이나 동네 여자들 몸피가 삼삼한 것도 다 삼벌레고개의 기운과 연관됨을 운위하는 판국에 이르렀고, 신도들이 원하면 삼 일 석달 삼 년의 길흉을 삼으로 시작되는 거금을 받고 점쳐주었다. 그런 임보살의 눈에 새댁네 시누가 하필 서른셋 삼땡에, 앉은뱅이 된 지 석 달 만에, 시다를 집에 보내고 사흘째 되는 날에 약을 먹고, 딱 세시에 발견되었다는 것이 여간 놀랍고 괴이한 징조로 보이지 않았다.

"역시 보살님 짚는 눈이 예사롭지 않으시군요."

순분은 새댁네 시누가 서른다섯에 죽은 걸 서른셋으로 줄이고 오후 세시라는 디테일을 임의로 끼워 넣은 자신의 노력이 임보살에게 고스란히 간취된 게 흡족했다.

"사정이야 어찌 됐든 참 깨끔하게 해놓고 죽기는 했다네요. 주문받은 옷도 싹 다 지어놓고 시다 월급도 싹 다 챙겨놓고 약을 먹었다니까."

"시집도 안 갔겠네요?"

보험여자가 기미를 반짝이며 물었다.

"시집이 뭐예요? 잡혀가서 경을 치고 나와서는 집 밖으로 일체 나가지를 않고 가까운 일가붙이도 안 만나고 꽁꽁 틀어박혀 비구니처럼 살았다는데요. 손님도 시다가 받고 그이는 골방에서 재봉틀만 돌렸대요. 호되게 경을 치는 바람에 사람을 무서워하는 병에 걸린 거죠."

"그 험한 영가를 왜 아직껏 천도도 안 했답니까?"

임보살이 아까부터 궁금하던 것을 물었다.

"내 원 참! 가문에 자살한 원혼을 두고도 사람이 어

째 그리 마음이 편한지."

순분은 그야말로 오직 호의에서 시누의 원혼을 운문원에 천도하여 달래주는 게 어떻겠냐고 새댁에게 권했다가 일언지하에 거절당한 이야기를 늘어놓았다.

"그런 참담한 영가를 천도도 안 하다니!"

놀라움 속에서도 강한 한 줄기 희망의 빛을 본 임보살은 합장하듯 손을 모았다.

충격에서 깨어난 계원들은 새댁네 집에 대한 호기심에 불타서 그 집 신랑은 뭐 하는 사람인가, 새댁의 사람됨됨이는 어떠한가, 재산은 어느 정도인가 하는 것을 두서없이 물었다. 순분은 잘난 체하는 새댁과 계원들이 지나치게 가까워지는 일이 없도록 말을 살짝 비틀 필요를 느꼈다.

"사람 됨됨이야 차차 겪어봐야 알 일이지만, 재산은 딱히 볼 게 없는 것 같습디다. 솔직히 새댁 말을 다 믿을 수야 없는 노릇이지만 그 집 신랑은 무슨 한의학 공부를 한다고 하더라고요."

"한의학?"

"경락을 한다나? 경락이 뭔지 알아요, 큰형님?"

순분은 이제껏 듣는 태도나 반응이 제일 시원찮았던 늙은 시즈코에게 기습적인 질문을 던졌다.

"내가 그런 걸 어떻게 알아?"

순분이 의도한 바였다.

"들어나 보세요들. 우리 몸에 왜 기가 흐른다 하잖아요. 살기가 등등하다 취기가 돈다 할 때 그 기! 그 기가 들고 나는 쬐끄만 문이 우리 몸에 있는데 그걸 경락이라고 한다네요."

"우리 몸에 그런 쬐끄만 문이 다 있대요?"

사우디집의 말에 임보살이 자신만만하게 대꾸했다.

"있고말고! 그 문이 귀신하고도 통하는 문인걸."

"그렇다네요. 그런 걸 연구소 차려가지고 공부한다는 게 말이 돼요?"

계원들은 그게 말이 되는지 안 되는지 몰랐지만 계주가 말이 안 된다는 쪽으로 결론을 유도하리라는 예감은 들었다.

"그 집 신랑은 특히 지압하고 침술을 공부한다는데, 내 보기엔 아마도……."

여인들은 귀를 쫑긋 세웠다.

"안마사 아니면 침쟁이지 싶어요."

순분의 결론에 여인들은 실망했다.

그때 어디선가 킬킬대는 소리가 들려와 여인들의 눈길이 일제히 그쪽으로 쏠렸다. 은철이 방구석 선풍기 뒤편에서 종이를 오리다 말고 한 손으로 입을 가리고 웃고 있었다.

"어머! 은철이 쟤는 저기서 뭐 한대요?"

"은철이가 입때 여기 있었어요?"

"그럼 저기 앉아 있는 애가 누구겠어요?"

"원, 나는 들어오면서부터 당최 못 봤네."

은철은 여인들의 빗발치는 시선을 의연하게 받아넘기며 계속 종이를 접어 오렸다. 은철은 삼벌레고개 중턱의 정보통이라는 자기 엄마조차 모르는 안바바의 정체를 자기는 알고 있다는 사실과, 자기가 투명 인간처럼 방에 없는 듯이 여겨졌다는 사실 모두에 만족했다.

여인들은 곧 은철에게서 관심을 거두고, 피아노나 재봉틀이나 지압이나 침술이나 간에 그 집 남매가 하여간 손재주 하나는 타고난 모양이라는 둥, 그 집 시누가 피아노로 일등상을 타먹고 미국에 가기로 했다는 건 왠지 믿기지가 않는다는 둥, 그러게 내가 뭐랬냐고, 필체가 활달한 사람이 원래 뺑이 세기 마련이라는 둥 떠들어댔다. 계원들의 얘기가 원하는 방향으로 흘러가자 기분이 좋아진 순분은 전부 발바닥을 뒤집어보라고 말했다.

"똥개를 만나면 똥개한테 배우고 거지를 만나면 거지한테 배우랬답디다. 새댁이 몇 가지 가르쳐주길래 해봤더니 효과가 있는 것도 더러 있어요. 큰형님! 우선 엄지발가락 밑에를 눌러보세요."

큰형님은 효과가 있다는 말에 솔깃하여 있는 힘껏 엄지발가락 밑을 눌렀고, 임보살은 이것도 잘 배워놓으면 교세 확장에 도움이 될까 싶어 귀를 기울였고, 통장집은 거기가 어디를 말하는 거냐고 조바심을 냈고, 사우디집은 제 발바닥을 만지면서도 간지럽다고 교성을 질렀고, 고갯길을 오르내리느라 발바닥에 불이 날 지경인 보험여자는 진지한 열의를 보였다.

"엄지발가락이 머리하고 직방 연결이 돼 있답디다. 여길 하루에도 몇 번씩 꾹꾹 눌러주면 노망도 안 걸린 대요."

"오호?"

늙은 큰형님은 아예 양말까지 벗어부쳤다. 순분의
가르침에 따라 계원들과 방구석의 은철까지 신나게 발
바닥을 주무르고 있을 때 난쟁이식모가 문을 열고 점
심이 다 됐다고 알렸다.

점심으로 냉면을 비벼 먹고 얼음 띄운 미숫가루까
지 타 마신 후에야 돈다발이 오가기 시작했다. 순분은
돈을 셀 때 입술을 꼼질거리는 버릇이 있었는데, 그래
서 계원들은 빳빳한 지폐가 찹찹 넘어가는 소리가 마
치 순분의 입에서 나는 듯한 느낌을 받곤 했다. 돈다발
은 순분의 손에서 이번 달에 계를 탈 순번인 통장집에
게로 넘어갔고, 그 돈은 다시 급전이 필요한 보험여자
에게로 넘어갔다. 돈에 그악스럽기로는 백중세인 통장
집과 보험여자가 이자를 놓고 아웅다웅하자 순분이 이
쪽저쪽을 넘나들며 절충을 시도했다.

"아니, 같은 계원들끼리 정말 이럴 셈이야? 하던 대
로 삼부 오리 박고 더는 말 말아요."

"그러게 난 암말도 안 했네요, 뭐."

통장집은 '그러게 내가 뭐랬냐'는 전지적 발언과 쌍벽을 이루는 '그러게 난 암말도 안 했다'는 면피적 발언을 했고, 보험여자도 더는 이의를 제기하지 않았다.

"다들 우리 운문원에 가서 임장군님과 명월신님께 절이나 드리고 과일이나 깎아 먹고들 가셔."

임보살의 말에 계원들은 반색을 하고 일어났다. 우물집 난쟁이식모의 고생이 끝나고 운문원 똥순할매의 고생이 시작되는 시점이었다.

똥순할매는, 순분이 난쟁이식모를 부리듯, 임보살이 어디서 물어다 놓고 운문원 잡일을 시키는 공양내기 노파였다. 바느질 솜씨만큼이나 성품이 참하기로 소문난 똥순할매가 뚜벅이할배의 존경을 한 몸에 받고 있다는 사실은 삼벌레고개 중턱 사람이라면 누구나 알고 있었다. 뚜벅이할배는 똥순할매의 모습이 먼발치에서 보이기만 해도 여왕을 본 호위병처럼 박가네 평상에서 벌떡 일어나 경의를 표하곤 했다. 그러면 똥순할매도 고개를 살짝 숙이며 지나갔다.

그런데 똥순할매에게는 어울리지 않게도 윗동네에서 깡패질을 하는 백수건달 아들놈이 하나 있었다. 계원들은 똥순할매를 살살 구슬러 정말 뚜벅이할배와 그렇고 그런 사이인지, 언제쯤 살림을 합칠 건지, 똥순할매의 깡패 아들이 그 꼴을 두고 볼 것인지, 또 뚜벅이할배의 바보 아들은 어쩔 건지 등등을 알아볼 생각에 뒤도 돌아보지 않고 비눗물이 수챗구멍으로 빨려들듯 대문간으로 몰려 나갔다.

방에 들어선 난쟁이식모는 두 손을 들어 짧고 굵은 허리에 착 얹었다. 언제 하꼬방 청년이 일어나 문을 열어젖히고 기타를 연주할지 모르는 시간에 어질러진 방 구석이나 치우고 있을 생각을 하니 부아가 치밀었다. 난쟁이식모는 방바닥에 흩어진 반찬과 면발, 국물 자국, 돈 묶은 끈, 뭉쳐놓은 머리카락과 실밥, 치맛자락에 묻어 온 진흙 부스러기, 물어뜯은 손톱, 널린 부채 등을 둘러보며 앙칼지게 말했다.

"요딴 식으로 한 덩이로 몰키다니다가는 사달이 나도 크게 함 날 기다."

방구석에 있던 은철은 종이돈을 챙기면서 난쟁이식모의 예언도 잘 챙겼다.

원과 은철이 스파이놀이 대신 은행놀이에 더 열을
올리게 된 것은 바깥채 옆방의 병약한 심여인네 가족
이 이사를 가고 그 방을 새댁네가 보증금을 더 내고 세
내어 쓰게 되면서부터였다. 원은 자랑스럽게 은철에게
말했다.

"어머니가 그러시는데 이제 방에서 떠들고 놀아도
된대."

그 후로 그들은 허기와 피로에 시달리며 초긴장 상
태로 집 밖을 떠도는 스파이 생활에서 벗어날 수 있었
다. 스파이 노릇은 재미있기도 했지만 고달프기도 했
다. 육체적으로도 고달팠고 정신적으로도 고달팠다. 아
직 어린 탓에 그들은 누군가를 미워하고 저주하는 일
이, 아무리 그 사람이 그런 대접을 받아 마땅하다 해도
보통 힘이 드는 게 아니었다. 그래서 자의 반 타의 반
스파이놀이에 점점 흥미를 잃어갔다.

순분은 딸들만 둔 새댁이 은철에게 상당히 사내답지
못한 놀이와 교육을 시키는 점을 우려하고 있었지만
은철은 시간만 나면 새댁네로 뛰어갔다.

"새댁아줌마, 은행놀이 하러 왔어요."

"어서 와라."

수다의 소용돌이에 오래 노출되었던 은철의 귀에 새댁의 나지막한 목소리는 깊은 물속에서 울려 나오는 것처럼 들렸다. 새댁네 바깥채는 동향이라 오후면 이미 어둑해지기 시작해 방에 들어서니 동굴 속 같았다.

새댁은 골판지에 신문지를 붙여 만든 사각의 필통에서 펜촉을 꺼내 펜대에 끼웠다. 필통 속에는 은빛으로 반짝이는 새 펜촉도 몇 개 들어 있었지만 새댁은 무사가 명검을 아끼듯 새 펜촉을 아꼈다. 새댁은 끝이 갈라지기 시작한 낡은 펜촉에 잉크를 찍어 원과 은철의 종이돈에 숫자를 써넣었다.

바깥채에 살던 심여인네 식구가 이사 가던 날, 은철은 소문으로만 듣던 새댁의 필체를 처음 보았다. 새댁은 쪽마루에 앉아서 옆방 여자 대신 돈도 계산해주고 수령증도 대필해주었다. 새댁이 글씨 쓰는 방식은 독특했다. 새댁은 물끄러미 종이의 빈칸을 들여다보다 별안간 펜대를 든 손을 가볍게 치켜들어 펜촉을 춤추듯 미끄러뜨리면서 복잡한 한자들을 힘차게 휘갈겼다. 이미 그 광경을 목격한 바 있던 복덕방 영감은 물론이고 골골 앓는 옆방 여자도 있는 기운 없는 기운을 다 북돋워 감탄을 쏟아놓았다.

"어쩐지 뭐가 틀려도 틀리다 했더니만 새댁은 배운 여자라. 공부를 많이 배운 여자라. 한문을 어쩨 이리 잘 쓰는가 내사 기절하겠다."

1부터 100까지 숫자를 써넣는 새댁의 손놀림을 보면서 은철은 종이돈에 좀 더 복잡한 글자를 써넣을 수 없는 게 아쉬웠다. 새댁은 원과 은철에게 돈을 세어 공평히 나눠주고 매일 지출할 내역과 저축할 금액을 생각하도록 했다. 새댁은 장사꾼도 되고 은행원도 됐다.

"공책 한 권에 얼마예요, 아줌마."

원이 물었다.

"12원입니다."

"한 권 주세요."

원이 20원을 내자 새댁이 8원을 거슬러주었다.

"난 연필이 떨어졌어요, 새댁아줌마."

"새댁아줌마가 뭐야? 지금 우리 어머니는 가게아줌마란 말이야."

"아, 맞다. 가게아줌마."

"연필 한 자루에 2원인데 몇 자루 살래요?

"한 다스요."

"한 다스나요?"

"네, 한 다스나요."

은철은 30원을 내고 6원을 거슬러 받았다.

새댁은 각자 사용한 돈의 내역을 합산하여 잔액과 비교해 계산이 맞는지 확인하고 남은 돈을 은행에 저금하도록 시켰다. 그리고 다시 은행에서 저금을 찾아 필요한 것을 사도록 했다. 씀씀이가 큰 은철의 잔고는 금세 바닥이 났다. 새댁은 복잡한 방식으로 이자를 계산해주면서 말했다.

"박은철 씨는 돈을 아껴 쓰셔야겠네요."

결국 먼저 빈털터리가 된 은철에게 새댁이 새 돈을 나눠주는 걸로 은행놀이는 끝났다. 이 단순한 놀이는 이상하게 아무리 반복해도 싫증이 나지 않았다. 그들은 늘 머릿속으로 셈을 해야 했다. 물건을 살 때는 더하기 빼기를, 이자를 계산할 때는 곱하기 나누기를 새댁에게 배웠다. 그 숫자들이 그냥 숫자들이 아니라 돈의 액수여서 적잖이 긴장이 되었다. 그들은 돈을 쓰고 싶어 좀이 쑤시기도 했지만, 결국 돈을 많이 쓰면 게임에서 지게 되어 있었다. 돈은 쓰고 싶기도 하고 모으고 싶기도 한 무엇이었다. 남은 돈을 세면서 그들은 어른들처럼 묘한 회한과 욕망에 사로잡혔다.

은행놀이가 끝나자 새댁은 바구니를 끌어다 놓고 알록달록한 구슬을 꿰기 시작했다. 원도 같이 구슬을 꿰었다.

"나도 해봐도 돼요, 새댁아줌마?"

"해볼래?"

새댁은 은철에게 매듭이 지어진 끈을 주고 색색의 구슬을 순서대로 꿰는 법을 가르쳐주었다. 원과 은철이 구슬을 꿰자 새댁은 다른 바구니에서 헝겊과 가위를 꺼내 꽃, 토끼, 구름 같은 모양을 오리기 시작했다. 순분의 눈에는 둘 다 사내답지 못한 일로 보이겠지만 은철은 헝겊 오리는 게 훨씬 재미있어 보였다.

"나도 그거 할래요, 새댁아줌마."

"이건 안 된다."

"원이도 안 돼요?"

"원이도 안 돼."

"저건 잘못 오리면 진짜 돈을 물어내야 된대."

원의 말에 은철은 순순히 납득했다.

"돈을 아껴야 해, 응? 애들이 크니까."

자기도 그 애들 중 하나라는 걸 생각하지 않고 은철이 덮어놓고 어른들 말을 흉내 내는 바람에 새댁은 깔깔 웃었다. 원과 은철도 웃었다. 구슬을 꿰면서 둘은 구슬땀을 흘리며 누가 구슬을 빨리 꿰나 시합도 했다. 새댁이 심판을 보았다. 번번이 원이 빨랐다.

"또 해! 또 해!"

덤비는 은철을 새댁이 말렸다.

"더운데 땀 좀 들이게 옛날얘기 하나 해줄까?"

"무슨 얘긴데요?"

"아주 착한 효자 효녀 얘기예요."

"또요?"

새댁은 이름이 효경이라 그런지 매일 효자 효녀 얘기만 했다. 다른 얘기 좀 해달라고 하면 효자 효녀 얘기부터 하고 해준다고 했는데 효자 효녀 얘기가 끝이 없어 다른 얘기는 들을 짬이 없었다.

"잘 들어봐요. 옛날에 한 아이가 살았는데, 태어날 때부터 영특하기가 구슬 같고."

"이런 구슬요?"

은철이 꿰던 구슬꿰미를 들어 보였다.

"이런 구슬처럼 영특하고 효심도 깊었대요. 그런데 장난기가 많아서 공부는 멀리하고 방종한 친구들을 사귀고, 그러니까 까불까불한 친구들 말이에요."

은철은 우리 형처럼요, 하고 물으려다 그만두었다. 금철의 영특함과 효심에 대한 확신이 서지 않았다.

"그런 친구들하고 동네방네 다니면서 서리도 하고."

"서리, 서리. 서리가 뭐예요, 어머니?"

원이 노래하듯 물었다.

"서리는 남의 밭에 있는 채소나 과일을 몰래 따 먹는 거예요. 수박 서리면 수박을 몰래 따 먹는 거고, 참외 서리면 참외를 몰래 따 먹는 거고. 효자의 어머니가 그런 행실을 들어 알고 진노한 나머지 효자를 불러 종아리에 세찬 매질을 할 터이니 헛간에 가서 회초리를 가져오너라 했답니다. 그때가 마침 추운 겨울이었어요. 효자는 헛간에서 회초리를 꺼내 부엌에 들어가 아궁이에 집어넣었대요. 효자의 어머니가 이 녀석이 매를 안 맞으려고 회초리를 불태우는구나 생각하고 부엌문으로 엿봤더니, 효자가 회초리를 아궁이 안에 던져버리지 않고 가만히 들고만 있겠지요. 그래서 어머니가 대관절 너는 왜 그러고 있는 것이냐 물었더니 효자가 하는 말이 어머니께서 회초리 잡으실 때 손이 시리실까 저어하여 불에 쬐어 따뜻하게 데우고 있는 중이옵니다 하더래요. 참 마음이 고운 효자 아니래요?"

이야기에 몰입한 새댁의 입에서 낯선 사투리의 억양이 튀어나왔다.

"자기 종아리에 맞는 매도 따뜻하게요?"

원의 물음에 새댁은 정신을 차리고 아니, 그건 아니고, 했다.

"그래서요?"

은철이 다음을 재촉했다.

"어머니는 효자의 효심에 감동해서 매를 거두었고, 효자는 그날부터 소스라치게 깨달은 바가 있어 공부에 힘써 훌륭한 사람이 되었답니다."

월남 고아라 친정도 친척도 없는 새댁은 이루 헤아릴 수 없이 많은 효자 효녀 얘기를 알고 있었다. 새댁의 얘기를 듣고 있노라면, 효자 효녀의 부모는 병에 걸리기도 잘했고 죽기도 잘했다. 효자 효녀는 부모가 병에 걸리면 지극정성으로 돌보았고, 병으로 죽으면 생전에 효를 다하지 못한 것을 슬퍼해 부쩍 수척해지곤 했다. 어떤 아기 효자는 애통해하며 젖을 먹지 않기도 했고, 어떤 소년 효자는 까무러쳤다 깨어나기를 반복한 끝에 부모 뒤를 따라 죽기도 했다. 요행히 살아난 이들도 나라에서 큰 상을 내리려 하면 한결같이 두 손을 내저으며 부디 거두어달라고 울부짖는 공통점이 있었다.

그러나 은철에게 가장 충격적인 것은 옛날 부모들이 무섭게 먹을 걸 밝혔다는 점이었다. 한겨울에 잉어가 먹고 싶다 하고, 가을에 앵두가 먹고 싶다 하고, 고기가 먹고 싶다, 흰쌀밥이 먹고 싶다, 식탐이 한도 끝도 없었다. 어떤 효자는 병든 부모가 고기가 먹고 싶다 하여 자기 허벅지 살을 손바닥만 하게 잘라 맛난 양념을 하여 너비아니로 구워 올렸다 하고, 어떤 효자는 병든 부모가 소나 돼지도 아니고 콕 집어 개고기가 먹고 싶다고 하여 개를 잡으러 나섰다가 마침 큰 개를 물고 가는 호랑이를 만나자 호랑이에게 개 대신 내 몸뚱이를 뜯어 먹고 개는 제발 나 달라고 몸부림을 쳤다고도 했다. 물

론 살을 도려낸 효자의 허벅지는 금세 씻은 듯이 나았
고, 호랑이 앞에서 몸부림친 효자는 심한 몸부림에 놀
란 호랑이가 개를 떨구고 도망가는 바람에 개를 메고
와 부모에게 삶아 먹여 병을 씻은 듯이 낫게 하였다고
했다. 그런 얘기를 들을 때마다 은철은 덜컥 겁이 났다.

　은철은 만자 춘자 쓰시는 아빠가 식탐이 많은 게 몹
시 걱정이었다. 만춘은 일전에 원을 기겁하게 만든 소
의 날간이나 곱창 같은 것을 즐겨 먹곤 했는데, 만약 아
빠가 병이 들어 날간이나 곱창이 먹고 싶다 하면 자기
간과 창자를 빼주어야 하는지, 형의 간과 창자를 먼저
빼주고 자기 간과 창자는 순자 분자 쓰시는 엄마를 위
해 남겨놓아야 하는지, 색색의 구슬을 꿰는 내내 은철
의 마음은 복잡하고도 다단했다.

　저녁 무렵 헤어질 때 원이 은철의 귀에 대고 속삭였다.

　"내일 도둑깽이들이 온대."

　"진짜?"

　"어머니가 맛있는 것도 많이 만드실 거래."

　갑자기 맑은 침이 샘솟아 은철은 턱이 뻐근해졌다.
새댁이 만드는 음식은 은철의 입에 잘 맞았다. 날간이

나 내장탕같이 징그럽고 기름진 음식은 눈 씻고 봐도 없었다.

그날 저녁 은철은 밥상머리에 앉자마자 징징 짜기 시작했다. 순분은 남편이 눈살을 찌푸리는 바람에 할 수 없이 눈에 넣어도 안 아픈 작은아들의 밤톨만 한 머리통을 콕 쥐어박는 시늉을 했다.

"얘가 또 왜 이래?"

하지만 은철은 울음을 그칠 수가 없었다. 언제나 본의 아니게 새댁과 대조되는 행동만 선보이는 순분이 그날 저녁에 하필 고추장에 버무린 닭발을 한 냄비 가득 흉측하게 볶아놓았기 때문이다. 닭발이 먹기 싫은 것도 싫은 것이지만, 나중에 아빠나 엄마가 병이 들어 닭발이나 족발 같은 게 먹고 싶다 하면 자기 손발도 잘라 벌겋게 볶아 내놓아야 할 것 같아 은철은 더욱 서럽게 울었다.

안덕규의 지인들이 새댁네 집에 모이기로 한 날은 말복 전날이었다. 새댁은 큰마음 먹고 개고기까지는 아니어도 닭고기 정도는 요리하기로 했다. 덕규는 새댁의 부탁으로 아침 일찍 얼음집에 가서 얼음을 배달시키고 수박 한 통과 닭 다섯 마리를 사들여놓고 볼일을 보러 나갔다.

새댁은 얼음을 채운 아이스박스에 수박화채와 미숫가루 탄 물을 넣어두고 고무장갑 낀 손으로 수돗가에 앉아 닭을 한 마리씩 꺼내 내장을 훑으며 꼼꼼히 씻기 시작했다.

"원아, 들어가라. 이런 거 보면 밥 못 먹는다."

원은 도리질을 쳤다. 이런 것쯤이야 보는 데 이골이 난 은철 앞에서 혼자 물러설 수는 없었다. 결국 오래 날닭 냄새를 맡은 탓에 원은 점심을 거의 먹지 못했다.

"얘가 더위를 먹었나?"

새댁이 차가운 화채 국물을 조금 먹였지만 원은 그것마저 수채에 한입거리로 토해놓았다.

오후에 새댁이 까만 그물코로 된 시장 망태기를 들고 원과 장을 보러 나설 때 은철도 좋아라 따라붙었다. 어디를 가건 활달한 필적의 쪽지 없이는 견디지 못하는 새댁은 채소전과 생선전 앞에서 쪽지에 적은 품목을 들여다보고 물건값을 물어보더니 침울해졌다. 새댁은 함께 은행놀이를 하는 동료들에게 의견을 구했다.

"감자는 싼데 많이 살까?"

"감자로 뭐 하실 건데요, 어머니?"

"채 쳐서 볶고 갈아서 전도 부치고."

"그럼 많이 사요."

"오징어는 비싼데 사지 말까?"

"오징어는 뭐 할 건데요, 새댁아줌마?"

"마른오징어 구워서 술안주 하려고."

"그럼 사요, 사! 난 오징어 다리가 제일 좋아요."

은철이 신이 나서 외쳤다.

"비싸서 그렇지."

"사지 마요!"

원이 말했다. 비싼 걸 산 날이면 어머니는 가계부 공
책에 붉은 줄을 그으며 오늘도 가하가 났구나, 가하가
났어, 하고 슬프게 중얼거리곤 하니까.

"사지 마요!"

은철도 쉽게 포기했다. 아무렴, 애들이 크니까.

새댁은 장을 보고 돌아오는 길에 원과 은철에게 박
가네 가게에서 아이스케키 하나씩을 사주었다. 새댁이

수돗가에서 일하는 동안 아이들은 암탉을 따르는 병아리들처럼 양옆에 쪼그리고 앉아 로켓 모양의 푸른 아이스케키를 빨아 먹으며 집에 강아지를 키우는 게 얼마나 좋은 일인지를 설득하고 있었다. 새댁은 강아지집은 어떻게 마련하고, 밥은 누가 주고, 똥은 누가 치우고, 아프면 어떡할 건지 등의 골치 아픈 문제로 그들을 괴롭히다 마침내 회심의 질문을 던졌다.

"키우면 암놈으로 할래, 수놈으로 할래?"

새끼를 낳을 수 있다는 데 착안하여 그들이 당장 암놈으로 결정하자 새댁은 아서라는 듯 고개를 저었다.

"개는 한 번에 새끼를 여럿 낳고, 여러 배를 낳는데, 그렇게 불어나는 강아지들을 이렇게 좁은 마당에서 어떻게 다 기를래?"

아이들은 수놈 딱 한 마리만 빼고 나머지는 동네 사람들에게 나눠주기로 결정했다. 개가 늙어 죽으면 삼벌레고개 마루에 묻어주는 데까지 합의를 보아 개 모자의 일생을 아름답게 마무리할 즈음 육식이가 성큼성큼 대문으로 들어섰다. 육식이는 새댁이 닭백숙을 할 거라는 얘기를 듣고 기쁨을 감추지 못했다.

"닭백숙, 좋습니다. 제가 아침엔 설렁탕을 먹고 점심엔 돼지 곱창을 꼬먹었습니다. 고기도 종류를 바꿔가며 먹는 게 질리지 않고 좋지요."

종류를 안 바꿔도 고기에 질릴 날은 영원히 오지 않을 것 같은 육식이는 고기를 구워 먹는다고 하지 않고 꼬먹는다고 했는데, 그 찐득한 발음 속에는 육식이만이 그 참맛을 알, 고기의 진하고 꼬신 맛이 담뿍 배어 있었다.

육식이는 원과 은철이 강아지를 키울 궁리를 하는 걸 듣고는 대단히 기특해했다. 새댁이 강아지 인형을 사는 게 어떻겠냐고 하여 그들의 반발을 산 반면, 육식이는 개고기의 각별한 맛에 대해 허심탄회한 찬사를 늘어놓아 그들의 경악을 샀다. 육식이가 개밥도 줄 것 없이 똥을 먹이면 된다고, 그런 놈이 맛에서 최고라는 얘기를 했을 때, 새댁은 감자 껍질을 벗기던 숟가락을 내려놓고 흐느끼듯 웃기 시작했다. 원과 은철이 분홍 색종이를 접은 듯 미간에 발그레한 쐐기꼴을 새기고 공포에 질려 입도 뻥긋 못 하고 울 듯 말 듯 하고 있었기 때문이다.

원과 은철은 육식이처럼 위험한 인물이 집에 드나드는 한은 도저히 강아지를 키울 수 없으리란 결론에 도달하고 절망에 빠졌다. 육식이에게 항거한다는 것은 불가능했다. 육식이는 기운이 장사라 그들을 한 손에 한 명씩 발목을 모아 쥐고 번쩍 들어 거꾸로 흔들 수도 있고, 그들의 몸을 혁대처럼 그의 굵은 허리에 척척 감을 수도 있었다. 그들은 강아지를 육식이 눈에 띄지 않게 몰래 기를 방도를 육식이가 듣지 않는 곳에서 도모하기 위해 조용히 수돗가를 떠났다.

안덕규는 모시옷을 입은 노인을 모시고 왔다. 노인은 가끔 영과 원에게 선물을 갖다주곤 해서 인기가 있었다. 쪽마루에 앉은 노인은 원이 강아지 흉내를 내며 방바닥을 네발로 기는 모양을 지켜보다 혼잣말처럼 중얼거렸다.

"제 고모를 닮았군."

"전 어머니를 닮았는데요, 멍멍."

노인은 누런 이빨을 보이며 웃었다.

"얼핏 누님 모습이 비치긴 합니다."

덕규가 말했다.

"그때 이등만 했더라면 오죽이나 좋았겠나."

노인은 가방에서 장물임에 분명한 직사각형 상자를 꺼내 원에게 주었다.

보자마자 원은 감격해서 말을 잃었다. 윗면이 투명한 비닐로 된 필통보다 조금 큰 상자 안에는 양 소매와 치맛단에 흰 레이스가 달린 빨간 원피스를 입은 인형이 들어 있었다. 그때 육식이가 기척도 없이 토실토실한 볼에 빙그레 웃음을 띠고 나타났다. 원이 급히 감춘 인형을 당장 내놓게 하여 요모조모 살펴본 육식이는 별로 식욕이 당기지 않는지 권태로운 목소리로 물었다.

"꼬마야, 요런 걸로 대체 무슨 삿된 짓을 할 생각이냐?"

그에게야 먹어치울 수 없는 것은 죄다 무용지물이겠지만 원이 인형에게 가장 먼저 해주고 싶은 것은 원피스 대신 편한 잠옷을 만들어 입히는 일이었다.

"이름은 뭘로 지을래?"

육식이의 질문에 원은 생각할 틈도 없이 말했다.

"동생이요."

"동생은 이름이 아니지. 가만있자, 첫째 이름이 영이고, 너는 원이니, 희가 어떠냐? 영, 원, 희."

하필 육식이의 제안인 게 못마땅했지만 원은 그 이름이 마음에 들었다. 원은 동생 희를 안고 부엌으로 갔다. 새댁은 잔뜩 솜씨를 부려 반찬을 만드는 중이었다.

"어머니, 할아버지께서 선물을 주셨어요. 제 동생 희예요."

새댁이 물었다.

"희라고?"

"안 영, 안 원, 안 희, 영 원 희, 이렇게요."

"영원희. 그것참, 멋있구나. 원이는 동생 생겨 좋겠네."

"동생이 불편한가 봐요. 어머니가 잠옷 좀 만들어주세요."

"저녁 먹고 만들어주마."

"할아버지께서 제가 고모님을 닮았대요."

"그래?"

새댁은 기분이 좋은지 감자볶음에 후추 뿌리는 일을 원에게 맡겼다. 원은 후추통을 열어 살짝 흔들고 모자라는 것 같아 한 번 더 흔들었다.

"너무 많이 뿌리지 마라."

"고모님은 자살했지요, 어머니?"

"아!"

강판에 감자를 갈고 있던 새댁의 검지가 톱날에 살짝 찢겨 나갔다.

"다치셨어요, 어머니?"

"괜찮다. 피 안 난다."

새댁은 손을 찬물에 헹구며 물었다.

"선생님께서 그러시데?"

"아뇨. 할아버지께서는 제가 고모님을 닮았다고 하셨고요, 또 고모님이 이등만 했더라면 오죽이나 했겠냐고 하셨어요."

"오죽이나 좋았겠냐고 하셨겠지."

"네, 오죽이나 좋았겠냐고 하셨어요."

"그럼 누가 그런 소릴 해?"

"은철이가요."

새댁이 치마폭으로 다친 곳을 꼭 누르며 물었다.

"은철이 어머님이 그러셨다니?"

"네."

새댁의 얼굴은 원이 깜짝 놀랄 만큼 험상궂게 변했다.

"나잇살이나 자신 양반이 애 듣는 데서."

새댁은 뭐라고 뭐라고 중얼거리더니 무릎을 짚고 일어섰다.

새댁은 오이를 한 아름 안고 부엌에서 나와 은철을 불렀다. 은철은 빨리 달려가고 싶었지만 당장 하고 있는 일을 그만둘 수 없었다. 새댁은 오이를 바득바득 힘주어 씻으며 다시 은철을 불렀다. 은철은 곧 수돗가로 달려왔다.

"이거 봐요, 새댁아줌마! 내가 잡았어요."

은철은 실 끝을 쥐고 몸통에 실을 동여맨 잠자리가 낮게 날아오르는 것을 보여주었다. 새댁의 얼굴엔 표정이 없었지만 원은 대단히 감동한 얼굴이었다.

"너무 꽉 매면 죽는다."

새댁이 말했다.

"꽉 안 맸어요. 이것 보세요. 몸이 한 개도 안 눌렸잖아요."

"벌써 고추잠자리가 다 있구나."

은철은 원이 잠자리 날개를 만져보는 것도 허락하고 실 끝을 쥐고 있게도 해주었다. 새댁이 씻은 오이를 은철에게 내밀었다.

"오이 먹을래?"

"난 오이 싫어해요."

"은철아, 우리가 널 싫어해서 그러는 게 절대 아니다."

새댁이 젖은 손으로 은철의 어깨를 살짝 쥐었다.

"뭐가요?"

변소 지붕을 흘깃 쳐다보는 새댁의 눈 가장자리가 파르르 떨렸다. 새댁은 굳게 결심한 듯 은철을 보고 말했다.

"오늘은 우리 집에 손님이 오셔서 은철이가 놀러 오면 안 되겠다."

"왜요, 새댁아줌마?"

"왜요, 어머니?"

원도 덩달아 놀라 물었다. 새댁은 은철이 왜 놀러 오지 못하는가를 설명하기 전에 입술을 달싹였다.

"손님들이 신경 쓰실 수도 있고, 편하게 얘기를 못

나누실 수도 있고. 아무튼 오늘은 안 되겠다."

"난 가만히 있을 건데요, 새댁아줌마."

"은철이는 가만히 있을 거예요, 어머니."

"그건 그렇지."

새댁은 은철이 오이를 싫어한다고 말한 것도 잊고 반으로 뚝 분지른 오이를 또 내밀었다. 은철은 멀뚱거리는 눈으로 물었다.

"잠자리도 오이 먹어요?"

"잠자리가 오이를 먹는지는 잘 모르겠는데."

"먹여볼까요?"

"조금만 먹여봐라."

새댁은 입으로 오이를 베물어 은철의 손바닥에 얹어주었다. 은철이 잠자리를 강제로 오이에 눌러 붙였지만 잠자리는 오이를 먹지 않았다.

"은철아, 은철아."

새댁이 자꾸 은철의 이름을 부르는 게 불안해서 원은 눈을 깜박거렸다.

"나도 알아요. 우리 은철이가 말썽도 안 피우고 우리 원이보다 더 착하고 얌전하다는 거."

원은 분했지만 참았다.

"그런데 은철아, 손님들끼리만 조용히 얘기할 것도 있고…… 그래서 이제부터 손님 오시는 날엔 놀러 오면 안 돼요."

새댁은 옛날이야기를 할 때와 힘든 일을 간청할 때만 존댓말을 썼다.

"난 가만히 있을 건데."

은철은 이해할 수 없었다.

"난 가만히 있을 건데."

은철은 신선한 굴 알맹이 같은 눈동자를 굴리며 같은 말만 되풀이했다. 새댁은 은철의 시선을 피한 채 비스듬히 잘라진 오이의 단면 속에서 말갛게 비치는 오이씨를 들여다보았다.

"난 가만히 있을 건데. 엄마한테 아무 말도 안 할 건데. 그래도 안 돼요?"

새댁이 눈을 크게 뜨고 은철을 바라보았다. 희망이 생기자 은철은 말이 빨라졌다.

"난 우리끼리 논 거 아무한테도 말 안 해요. 우리 엄마는요, 우리가 은행놀이 하는 것밖에 몰라요. 끝말 이어가기 하는 것도 모르고요, 구슬 끼우는 거랑 사치기 사치기사뽀뽀 하는 거랑……."

은철의 숨이 가빠졌고 입에서 맑은 침이 튀었다.

"효자 효녀 얘기 하는 것도 몰라요. 종이돈도 숨겨놓을게요. 손님들 오면 안 보이게 새댁아줌마네 재봉틀 밑에 숨어 있을게요. 난 숨는 거 진짜진짜 잘해요. 어제도 우리 집 선풍기 뒤에 숨어 있었는데 내가 거기 있는 줄 아무도 몰랐어요. 진짜예요."

새댁은 침을 꿀꺽 삼켰다.

"은철아, 정말 미안하다. 어른들한테는 은철이가 모르는 복잡한 사정이 있어요. 아줌마가 부탁할게. 손님들이 안 계실 때는 괜찮지만 오늘 같은 날은 안 오면 안 될까?"

은철은 고개를 기울이고 오이를 먹지 않는 잠자리를 불만스럽게 내려다보았다.

"은철아, 아줌마 말대로 해줄 거지?"

은철은 오이 조각을 움켜쥐고 대문 밖으로 달려 나갔다. 그 빠른 속도에 실에 묶인 잠자리가 파드닥 날아올랐다. 그제야 원은 업고 있던 동생 희를 은철에게 미처 소개시키지 못했다는 걸 알았다.

육식이와 모시옷 노인 다음으로 젊은 남자 둘이 왔
다. 한 청년은 평범했지만 다른 청년은 얼굴이 희고 키
도 훤칠한 게 제법 미남이었다. 영은 그 청년만 보면 들
키지 않고 실컷 구경하기 좋은 곳에 몸을 숨기고, 사모
하는 애인의 얼굴에 한없이 자극받아 더욱 긴요하게
생각되는 치아 교정이라든가 코뼈 높이기의 정형술에
박차를 가하는 것이었다. 마지막으로, 언제나 있는 듯
없는 듯 표시가 나지 않는 해사한 선비의 풍모를 한 목
사가 왔다.

그들은 무뚝뚝한 얼굴로 악수를 나누고 건넌방으로
들어갔다. 원은 동생 희를 안고 쪽마루에 앉아 그들의
신발을 셌다. 육식이와 노인과 평범한 청년과 미남 청
년과 목사, 이렇게 다섯 켤레에 아버지의 것까지 여섯.
다섯과 여섯이란 숫자는 원에게 한 기둥에 모자가 여
럿 달린 버섯을 생각나게 했다. 안바바와 다섯 명의 도
둑은 습지대의 버섯처럼 더운 날씨에도 문을 꼭 닫아
걸고 건넌방에서 오랫동안 쑥덕거렸다.

원은 몸을 천천히 흔들어 동생을 재우면서 은철을 기다렸다. 부엌에서 새댁이 쟁반을 들고 나왔다. 쟁반에는 새댁이 하루 종일 준비한 특식의 요약본인, 삶은 닭 반 마리와 채소를 넣고 끓인 닭죽, 손바닥만 하게 부친 감자전, 색동저고리 소매를 닮은 오이선, 가늘게 채썬 감자볶음, 얼음을 띄운 미역냉채와 수박화채 등이 담겨 있었다. 새댁은 쟁반을 상보로 덮어 안채로 가져갔다. 원은 동생이 깰세라 조심조심 그 뒤를 따랐다.

"형님! 저예요."

순분은 옷을 대충 꿰어 입는 시늉만 하고 뛰어나왔다.

"번번이 뭘 이렇게 가져와?"

순분의 입이 함박만 하게 벌어졌다.

"많이도 못 했어요. 애기들 맛이나 보라고."

순분은 상보를 젖히더니 손으로 냉큼 감자전을 집어 입에 넣었다.

"맛있네. 더운데 불 앞에서 일하느라 고생이지?"

"불일만 하나요. 물일도 하니까요."

새댁은 순분이 더 수다를 떨기 전에 마루에 놓인 상보를 집었다.

"그릇 가지러는 좀 이따 원이 보낼게요."

대체 어떤 손님들이 놀러 왔는지 물어보며 갖은 수
다를 떨려던 순분이 쟁반을 든 채 뚱하게 말했다.

"뭘 보내? 내가 갖다주든가 우리 은철이 시키면 되지."

"아니에요. 원이 보낼게요. 금방 원이 보낼게요."

새댁은 상보를 손에 쥐고 마구 구기면서 허둥지둥 바
깥채 부엌으로 돌아왔다. 원도 종종거리며 새댁의 뒤를
따랐다. 새댁의 머릿속에는 오직 남편과 그 지인들 생
각뿐이었다.

그들에 대해서 순분이 어떤 입방아도 찧게 해서는 안
되었다.

"여보, 저녁 준비됐어요?"

덕규가 방에 딸린 부엌문을 열고 시장한 얼굴을 내미
는 것으로 그날의 잔치는 시작되었다.

도둑깽이들은 새댁이 만든 안주를 먹고 육식이가 가
져온 뱀술을 마셨다. 술을 마신 육식이의 얼굴이 붉고
사나워져, 그가 소화에 도움을 주기 위해 혁대를 한 칸
늦추는 동작을 했을 때 원은 그가 혁대를 획 풀어 채찍

154

처럼 휘두르려는 줄 알았다. 혁대의 칸을 늦추고 편히 숨을 쉰 육식이는 통통한 양손을 두부 한 모 간격으로 마주 보게 펴서 위아래로 절도 있게 흔들며 말했다.

"그 인간들은 믿을 게 못 됩니다, 선생님. 같이 일을 벌이자고 그럴듯하게 말만 던져놓고 막상 결행해야 될 때가 오면 보신책만 구하는 위인들이에요."

"그렇다고 전국 규모의 조직망이 꾸려지는 시점에서 우리만 고립될 수는 없지요."

노인이 깐깐한 말투로 대꾸했다. 손톱으로 밥상 모서리의 끈끈한 양념 국물을 밀어내고 있던 목사가 고개를 끄덕였다. 두 청년도 고개를 끄덕였다. 육식이는 고개를 절레절레 흔들었다.

"중심의 개량화를 막기 위해서 어느 정도의 고립은 필수적입니다."

"제 생각에는 말입니다."

이번에는 안덕규가 입을 열었다.

"전통의학을 대중에게 전달하려던 애초의 목적을 상기해야 한다는 겁니다."

"누가 그 원칙을 놓고 가타부타 하는 겁니까?"

육식이가 물었다.

"대중의 힘을 결집해야 합니다. 조만간 저들은 공격을 해 올 겁니다. 저들은 치밀하게 준비하고 있어요."

"준비하라지요. 어차피 예정된 수순이라면 제 생각으로는……."

노인이 끼어들었다.

"중심을 세우기 위해 우리는 십 년을 기다렸고 앞으로도 십 년을 더 기다릴 수 있어요."

육식이가 소리쳤다.

"기다리는 게 문제가 아니라 어떻게 준비하고 기다릴 것이냐 하는 게……."

안덕규가 말했다.

"문제는 전체적인 분위깁니다. 저들에게 공연히 빌미를 주어서는 안 됩니다."

번번이 얘기를 제지당한 육식이가 참다못해 양손 사이에 끼워놓았던 투명한 두부를 밥상 위에 내동댕이치더니 그것도 모자라 돌도끼처럼 튼튼한 주먹으로 두부를 팍팍 으깨기 시작했다.

"공연히라고요? 대체 언제까지, 언제까지 준비 단계

니 역량 축적이니, 이런 말만 할 겁니까? 우리가 일을 터뜨리기도 전에 저들이 먼저 선수를 친다면……."

뱀술을 마셔서인지 분위기가 급격히 달아올랐다. 얌전하던 목사도, 잠잠히 귀를 기울이던 청년들도 흥분하기 시작했다. 그들은 마침내 본성을 드러내며 나지막하게 으르렁거렸다.

"우리가 경락시술소를 차린 이유도……."

"학원 쪽 사업은 한발 앞서 나가고 있는데……."

"무엇보다 대중적 활동을 위한 포석이……."

"제가 도무지 이해할 수 없는 대목은……."

새댁은 건넌방에서 영과 원에게 밥을 먹이면서 반쯤 열린 미닫이문을 통해 들려오는 그들 대화의 추이를 면밀히 체크하고 있다가 바야흐로 자신이 개입해야 될 때라는 판단을 내리자 조용히 몸을 일으켰다. 그 가만가만한 동작 속에는 누구도 빼앗을 수 없는 위엄과 단호함이 엿보였다. 새댁은 남편 뒤에 가서 살그머니 팔꿈치를 잡았다. 목까지 벌겋게 달아오른 덕규가 돌아보았다.

"여보, 선생님께 오이선 좀 드시라고 하세요."

새댁이 속삭였다.

"뭘 어쩌라고요?"

"선생님께 오이선 좀 권하시라고요."

덕규는 그제야 이마의 땀을 닦고 난파되기 직전의
배처럼 아수라장인 방 안을 둘러보았다.

"선생님."

덕규는 노인 쪽으로 상체를 기울이며 말했다.

"우리 집사람이 이걸 꼭 드셔보시라는데요."

노인이 고개를 돌렸다. 새댁이 다정하게 웃으며 오
이선 접시를 노인 앞으로 밀어놓았다.

"아, 고맙소."

노인도 정신을 차렸다.

"내 아까부터 궁금했어요. 이걸 뭐라고 부르는가는
모르겠으되 참 입맛이 나는 거라서."

"오이선이에요, 선생님."

새댁이 말했다.

"오이선."

노인은 젓가락으로 알록달록한 빛깔의 오이선 한 토
막을 집어 입에 넣었다. 그러자 미남 청년도 불끈 쥔 주

먹에 힘을 풀고 서툰 젓가락질로 오이선 한 토막을 집
으려 애쓰며 말했다.

"저도 지금 먹어보려는 참이었습니다, 형수님."

평범하게 생긴 청년도 덩달아 오이선을 집어 먹었다.
육식이와 목사만이 바둑판을 마주한 대국자처럼 밥상
중앙 부분의 사각형을 뚫어져라 노려보고 있었다.

"에이!"

뜻밖에도 육식이가 먼저 물러섰다.

"담배나 한 대 피우고 들어와야지. 목사님, 할 얘기
있으시면 나중에 따로 하십시다."

이미 담뱃불을 붙인 육식이의 입에서 연기가 피어올
랐다. 목사님은 얕게 한숨을 쉬고 턱 옆 검은 사마귀에
난 털을 경건하게 꼬기 시작했다.

방 안은 금세 평화로워졌다. 원은 도둑깽이들이 자기
를 놀래주려고 일부러 장난삼아 대차게 싸우는 시늉을
한 게 아닐까 생각했다. 건넌방으로 돌아온 새댁은 밥
상을 한쪽에 밀어놓고 반닫이 밑에서 누르스름하게 바
랬지만 감촉이 보드라운 홑청 자투리를 꺼냈다. 원은
얼른 큰아버지 양복점에서 골라 온 단추 봉지를 가져왔

다. 새댁은 실을 끊어 동생 몸의 치수를 쟀다. 원은 재단사의 줄자와 날렵한 가위가 있었다면 동생 옷을 만들 때 얼마나 도움이 되었을까를 생각하고 말할 수 없이 안타까웠다. 다행히 재단사가 와이셔츠 속보당이라고 부른 쥐눈이콩만 한 단추는 동생의 잠옷 단추로 맞춤이었다.

영은 원에게 동생이 생긴 것에는 아무 관심이 없었다. 정형의 개념을 비단 얼굴에 국한시키지 않고 전 육체로 확대 중인 영은 요즘 한창 몰두하고 있는 긴 다리 만들기 일자 펴기를 하느라 신음을 참으며 방이 좁다하고 가랑이를 벌리고 있었다.

새댁이 재봉틀에 앉았다. 원은 새댁이 재봉질하는 소리를 들으며 피아노에 앉아 건반을 두드리는 대신 재봉틀에 앉아 발판을 딸깍딸깍 굴려 박음질을 했다는, 한 번도 본 적 없는 고모님을 생각했다. 또 그 얘기를 들려준 은철을 생각했다. 어찌 된 일인지 아까 원이 안채에 빈 그릇을 가지러 갔을 때에도 은철은 보이지 않았다. 손님들이 그다지 조용히 얘기를 나누는 것도 아닌데 어머니는 왜 은철을 못 오게 했을까.

도둑 떼는 기분이 좋아지자, 그때 일 기억나십니까, 아이고 어떻게 잊겠습니까 그날을, 하면서 한참 옛날 얘기를 주고받더니 감상에 젖어 아름답고 슬픈 연가를 부르기 시작했다.

옛날 거닐던 강가에 이슬 젖은 풀잎
사랑하는 안니 로리 언제나 오려나
아득히 지난날 가슴에 스민 꽃
그리워라 안니 로리 꿈속에 보이네

기름기를 많이 섭취한 육식이의 음성이 가장 감미로웠다. 재봉틀 의자에 앉아 낮은 허밍으로 노래를 따라 부르던 새댁은 육식이의 바리톤이, 그리워라 안니 로리, 하고 높은 음에서 낮은 음으로 미끄러져 내릴 때면 자신의 가슴마저 무너져 내리는 듯해 재봉틀을 구르던 발을 멈추고 눈을 지그시 감았다. 안니 로리가 사람 이름인 줄 모르는 원은 제멋대로 고쳐 불렀다.

옛날 거닐던 강가에 이슬 젖은 풀잎

사랑하네 아니 오리 언제나 오려나

아득히 지난날 가슴에 스민 꽃

그리워라 아니 오리 꿈속에 보이네

네 이웃을 사랑하지 말라

여름이 끝나갈 무렵부터 태풍이 잦더니 구월 초까지 사나운 바람이 불었다. 더위를 식히는 바람이 삼벌레고개를 쏴아 훑고 지나가던 구월 초순 어느 날 밤 뚜벅이할배가 죽었다. 자연사라고 하기에는 미심쩍은 구석이 많았기에 윗동네 아랫동네 할 것 없이 삼벌레고개가 온통 어수선했다.

떠도는 소문인즉, 어느 날 똥순할매의 깡패아들이, 그의 이름은 무서워서 어린 스파이들도 알아내지 못했는데, 박가네 가게에서 술을 마셨다. 남의 말 하기 좋아하는 박가가 아내인 통장집에게서 들은 얘기, 이를 테면 뚜벅이할배와 똥순할매가 갈 데까지 간 사이라는 걸 알고 있느냐 뭐 그런 요지의 얘기를 슬쩍 비추었다. 깡패아들이 쓸데없는 소리 하지 말라고, 어디서 썅 그런 얘길 듣고 와서 씨부렁거리느냐고, 또 한 번만 그딴 소리를 씨불거렸다간 주둥이에 재떨이를 처넣겠다고 사납게 화를 내지만 않았어도 박가는 그쯤에서 멈추었을지 모른다. 그러나 깡패아들의 막돼먹은 반응에 박가는 통장으로서의 위신이 급격히 실추된 느낌이 들었다. 박가는 입에 거품을 물고, 뚜벅이할배와 똥순할매의 추잡한 관계는 삼벌레고개 사람들 구 할이 다 알고 있는 사실이라고 과장하는 동시에, 뚜벅이할배가 똥순할매만 보면 평상에 앉아 있다 벌떡 일어나곤 하는데 그 눈빛과 동작이 매우 내밀하고 망측하다는 식으로 왜곡해 말했다. 딱 보면 척이라느니, 그런 일은 주머니 속의 송곳처럼 티가 안 날 수 없다는 말도 결사적으로 덧붙였다.

그다음 날부터 동네 사람들은 박가네 평상에서 뚜벅이할배를 볼 수 없었다. 뚜벅이할배는 똥순할매의 지극한 보살핌에도 불구하고 자리보전하고 드러누운 지 열흘 만에 죽고 말았는데, 깡패아들은 이미 종적을 감추었고 통장인 박가도 입을 꾹 다물고 있어 그 밤에 무슨 일이 일어났는지는 아무도 정확히 알지 못했다. 하지만 내놓고 아는 척하는 사람만 없다 뿐, 그 밤에 만취한 깡패아들이 뚜벅이할배를 찾아가 온갖 상말을 쏟아 놓았다는 둥, 뚜벅이할배를 들었다 놓았다 행패가 이만저만이 아니었다는 둥, 아예 난짝 집어서 내던졌는지 벽 무너지는 소리가 났다는 둥 소문은 꼬리에 꼬리를 물고 이어졌다. 해산한 지 얼마 안 되어 얼굴이 통통 부은 통장집이 만나는 사람마다 붙들고 자기 남편이 이 일에 결백함을 주장했지만 믿는 사람은 없었다.

뚜벅이할배의 장례는 괴상한 씨가 치러주기로 했고, 천도굿은 똥순할매가 임보살에게 부탁했다. 물론 임보살은 삼으로 시작하는 거금을 요구했고, 그 돈을 뚜벅이할배의 바보아들 대신 똥순할매가 내기로 했다. 어떤 사람들은 그나마 뚜벅이할배가 그렇게 좋아하던 똥순할매의 병수발을 받다 갔으니 그것도 복이라면 복이라는 말들도 했다.

금철이 학교에서 돌아왔을 때 은철이 시무룩하게 말

했다.

"있지, 형."

"뭐?"

"어젯밤에 뚜벅이할배가 죽었대."

"그래?"

금철은 잠시 생각하는 시늉을 하더니 짧게 말했다.

"아깝다!"

아마 새댁이 들었으면 안타깝다고 말해야 한다고 가
르쳐주었을 것이다.

"곰딴지수학자는 어떡하냐, 형?"

금철이 뭐라는 거냐는 얼굴로 돌아보았다.

"뚜벅이할배 아들 말이야."

"바보 아저씨? 그 아저씨가 무슨 수학자야?"

"옛날에 대학교에서 수학 공부했대."

"다 뻥이야."

"진짜야. 괴상한 아저씨가 그랬어. 대학교 후배라고."

"그래? 너 별걸 다 안다."

형의 말에 은철은 조금 으쓱했다. 스파이가 되어 원
과 함께 이것저것 물으며 온 동네를 쏘다니던 게 아주

오래전 일 같았다. 문득, 요딴 식으로 한 덩이로 몰키다 니다가는 사달이 나도 크게 함 날 기라고 했던 난쟁이 식모의 예언이 생각났다. 정말 그딴 식으로 한 덩이로 몰키다닌 바람에 뚜벅이할배가 죽었는지도 몰랐다. 역 시 난쟁이식모는 세상의 모든 비밀을 알고 있었다.

"그건 그렇고, 은철아."

"응."

"니가 말이지……."

금철은 눈을 몇 번 깜빡거리더니 목소리를 낮췄다.

"가서 영이 좀 몰래 불러내 와. 내가 오란다고 하지 는 말고."

"왜?"

"시키면 시키는 대로 해."

싫어, 하고 싶었지만 은철은 시키는 대로 했다.

이즈음 은철은 형만 졸졸 따라다녔고 시키면 시키는 대로 했다. 그들 형제는 알게 모르게 실연의 경험으로 연대해 있었다. 금철은 새침한 영에게 쌀쌀맞은 대우 를 받아 약이 바짝 올라 있었고, 은철은 사랑과 존경을 바쳤던 새댁아줌마로부터 배신을 당해 몹시 마음이 상해 있었다. 은철은 새댁과 원을 피해 다녔고 아버지나 형처럼 아무 데나 칫칫 침을 뱉었다. 칫칫! 손님이 오든 말든 그깟 도둑깽이 소굴에 누가 놀러 가기나 한다나. 칫칫! 가짜 돈이나 세고 지겨운 효자 효녀 얘기나 듣고. 칫칫! 동굴같이 어두운 방구석에서, 칫칫!

은철은 영을 대문 밖으로 불러내는 데 성공했다. 영이 대문을 열고 나오자 금철이 영을 우물 뒤편 귀퉁이에 몰아넣었다. 영이 소리쳤다.

"뭐니, 너?"

금철은 하꼬방 청년에게서 훔쳐 온 담배꽁초에 불을 붙여 내밀었다.

"빨리 이거나 피워, 이 나쁜 기집애야!"

영이 놀란 얼굴로 금철을 쳐다보았다.

"뭘 봐? 그렇게 보면 어쩔 건데?"

금철이 잇새로 침을 칫 뱉었다. 영이 이번에는 은철을 보았다. 은철은 형 뒤에서 눈을 내리깔고 잠자코 있었다. 한편으로는 형을 말리고 싶기도 하고 한편으로는 형보다 더 심한 말을 내뱉고 싶기도 했다.

"노려보고 째려봐야 소용없어. 담배 피우기 전엔 절

대 안 보내줄 거니까. 알아들어?"

"난 담배 못 피운다고!"

영이 앙칼지게 말했다.

"못 피우니까 배워야지. 안 그러냐?"

금철의 말에 은철은 고개를 끄덕였다. 영은 발칵 화를 내려다 말고 입술에 살짝 침을 바르고 웃었다. 이건 또 뭔가 싶어 금철의 눈이 게슴츠레해졌다.

"이 멍청이!"

"이게 죽으려고! 안 피우면 손등에 지져버린다."

금철이 코앞에 담배를 들이밀자 영은 더 환하게 웃었다. 웃는 게 예쁘다는 걸 알고 영이 아무 때나 웃는다는 걸 어린 스파이들은 알고 있었지만, 금철은 몰랐다. 설령 알았어도 막상 이 달착지근한 웃음 앞에서는 어쩔 수 없었을 것이다.

"니가 얼마나 멍청인지 말해줘?"

은철이 보기에 어이없게도 형은 자기가 얼마나 멍청인지 들어보고 싶은 눈치였다. 영이 고갯짓을 했다.

"은철이는 보내."

당황한 금철이 물었다.

"은철이는 왜?"

"우리 둘이서만 할 얘기가 있으니까."

영이 또 웃었다.

"우리 둘이서만?"

은철은 형이 영이누나에게 굴복하고 말았다는 걸 알았다. 은철은 바람 부는 골목길을 달려 나갔다. 시시하다, 시시해. 바람도 시시하게 불었다.

나중에 금철에게 듣기로, 영은 자기 피부가 보통 아이들과 달라 매우 약하다고 했다고 한다. 담배 연기만 쏘여도 붓고 빨간 돌기가 돋는다고, 그래서 자기 아버지도 방에서 담배를 피우지 않는데 그걸 딴 사람도 아닌 금철이 몰라줬다고, 그래서 더 섭섭하고 원망스럽다고, 정말 자기가 담배를 안 피우면 손등에 지지려고 했느냐고 물었다고 했다. 금철은 볼썽사납게 영의 애처로운 말투까지 흉내 내면서 이 모든 얘기를 동생에게 털어놓았다.

"그래서 뭐랬어?"

은철은 마치 형이 된 기분으로 물었다.

"뭐래긴 뭐래? 내가 진짜 지지려고 한 건 아니니까.

아우, 어떻게 지지냐, 그 예쁜 손을?"

금철은 이렇게 말하곤 땅바닥을 박차고 뛰어올랐다.

"아으랏차! 그 기집애 내가 딱 한 번만 봐줬다, 응?"

은철은 태어나서 처음으로 여섯 살이나 더 먹은 형을 경멸했다. 나이를 어디로 먹었나 몰랐다. 자기는 절대 새댁과 원에게 굴복하지 않을 자신이 있었다.

새댁이 고소한 냄새를 풍기는 음식 쟁반을 들고 와형님 하고 부를 때면 귀를 꼭 틀어막았고, 원이 한 손에일찍이 본 적 없는 불가사의한 인형을 안고 다른 손에그들이 한때 즐겨 보던 자줏빛 표지의 열두 권짜리 동화집 한 권을 들고 쪽마루에 앉아 함께 놀기를 권유하는 눈길로 바라볼 때도 외면했다. 우물가에서 새댁이정답게 부르며 오뎅 장수의 양은 들통에서 따끈한 오뎅을 꺼내 반 잘라 내밀 때도 이를 악물고 지나쳤고, 우물 뒤에서 원이 조그만 얼굴을 내밀고 어서 오라는 손짓을 할 때도 칫칫 침을 뱉고 도망쳤다. 그럴 때면 가슴속 유리 상자에 쫙쫙 금이 가는 소리가 들렸다. 달리면 달릴수록 그의 마음은 심하게 베었지만, 파란 호스에서 뿜어져 나온 물줄기로 항상 질척거리는 창자처럼

깊고 구불구불한 골목길을 은철은 온통 신발에 진흙을
튕기며 달리고 또 달려 나갔다. 아 시시하다, 시시해.
칫칫!

"그게 뭐야?"

인형을 안고 우물 앞에 서 있던 원이 물었다. 은철은
어쩔까 하다 손에 든 거무튀튀한 것을 쑥 내밀었다. 원
은 들여다보고도 그게 뭔지 몰랐다.

"이게 뭐야?"

"닭발이다, 왜?"

은철이 퉁명스럽게 말했다.

"뭐 이렇게 더러워?"

은철은 자기도 모르게 변명을 늘어놓았다.

"물로 씻으면 돼. 그럼 깨끗해져."

"얼른 씻자."

원이 옆으로 다가왔다. 그들은 수돗가로 갔다. 수돗
가에서는 새댁이 치마를 걷어 올리고 이불 빨래를 밟
고 있었다. 칫칫, 침을 뱉으며 돌아서는 은철을 원이 붙
들었다.

174

"저기 호스에서 나오는 물로 씻자."

그들은 대문에 걸쳐진 파란 호스 앞에 쪼그리고 앉았다. 은철은 검은 테이프 틈새에서 새어 나오는 가느다란 물줄기에 대고 닭발의 때를 조금씩 벗겼다. 발등의 오돌토돌한 닭살이 드러났다. 발가락은 짓뭉개져 거무죽죽했다. 닭발을 뒤집어서 씻던 은철이 중얼거렸다.

"발바닥은 잘 안 씻어지는데?"

"닭은 신발이 없어서 그래."

원이 종알거렸다.

"양말도 없어서 그래."

은철도 지지 않고 대꾸했다. 원이 킥킥 웃었다. 예전으로 돌아간 기분이 들었다. 은철은 가만히 앉아 있다 갑자기 작은 멧돼지처럼 원에게 덤벼들었다. 금철이 영에게 그랬듯 은철은 원을 거세게 우물 벽에 몰아붙였다.

"씻었으니까 먹어."

은철은 닭발을 원의 코앞에 들이밀었다.

"왜 그래? 하지 마."

"씻었으니까 먹어! 씻었으니까 먹으라고!"

원은 닭발을 내려다보더니 구역질을 했다. 은철이 닭발을 입술에 갖다 대자 입을 다물고 고개를 흔들었다. 구역질을 참느라 원의 어깨가 움찔거렸다. 은철은 닭발을 원의 입술에 대고 눌렀다. 오이를 먹지 않는 잠자리 머리를 오이 조각으로 꾹 눌러 죽이던 생각이 났다. 원은 얼굴이 새빨갛게 되어 은철의 손에서 벗어나려고 몸을 뒤틀었다. 그럴 때마다 그들 사이에 낀 인형의 딱딱한 몸이 느껴졌다. 은철은 원이 소리를 지르거나 새댁을 부를까 봐 두려웠지만 원은 입을 꼭 다물고 고개만 흔들었다. 은철은 한 손으로 원의 입을 벌리고 한 손으로 닭발을 넣으려고 했다.

"빨리 먹어! 씹어 먹으라고! 이거 사람이 먹는 거라고!"

원의 질끈 감긴 눈이 흠뻑 젖었고 구역질을 할 때마다 입에서 미음처럼 희멀건 물이 새어 나왔다. 원의 입이 조금 벌어졌다. 은철은 그 틈으로 닭발을 밀어 넣었다. 원은 저항을 포기한 것 같았다.

"꼭꼭 씹어! 꼭꼭 씹어 먹으라고! 맛있지? 맛있지?"

원이 우물 벽에서 슬슬 미끄러져 내렸다. 은철이 몸

을 떼자 인형이 바닥에 떨어졌다. 원은 비실거리며 인형 옆에 주저앉았다. 누군가 은철의 어깨를 강하게 돌려 잡았다.

"너희들 지금 뭐 하니?"

보험여자였다. 은철은 보험여자의 이름을 떠올렸다. 성계희. 다른 생각은 나지 않고 성계희라는 낯설고 의미 없는 세 글자만 떠올랐다. 멍멍 짖는 개가 아니라 계란 할 때 계. 은철은 속으로 불안스럽게 계자 희자, 계자 희자, 하고 되뇌었다. 바닥에 쓰러진 원을 보자 기미로 거무스름한 보험여자의 광대뼈 주변에 고단한 기운이 걷히고 놀라는 빛이 나타났다. 보험여자가 소리쳤다.

"새댁! 새댁! 얼른 나와보세요!"

새댁이 달려 나왔다. 새댁은 우물 앞에 웅크리고 앉은 딸을 끌어안았다. 은철은 도망도 가지 않고 우물벽에 쓸려 빨갛게 살갗이 벗겨진 원의 팔꿈치를 내려다보고 있었다.

"얘가 왜 이런다니? 원아! 원아!"

새댁은 원의 입가에 흐른 토사액을 손으로 훔치다 입술 사이로 비죽 나온 것을 잡아당겼다. 새댁은 원의 입을 벌리고 손가락을 넣어 닭발을 꺼냈다. 새댁은 자기 딸이 설마 이토록 해괴한 토사물을 통째로 게워놓았는가 의심하는 손길로 거무스름한 닭발을 천천히 뒤집어보았다. 이내 닭발을 내던진 새댁이 놀란 눈으로 사방을 둘러보았다.

"누구니? 누가 이랬니?"

은철은 대답하지 않았다. 성은 성, 이름은 계자 희자. 계란은 닭이 낳은 알. 닭발은 닭에 달린 발.

"누구긴 누구예요? 은철이 이놈이지. 이놈이 그걸 먹이는 걸 내가 봤어요."

보험여자가 말했다.

"이걸 먹여요?"

"막 이렇게 쑤셔 넣더라니까요."

새댁은 보험여자의 말을 믿지 못하는 눈치였다. 계자, 희자. 은철은 자기가 지금 보험여자의 이름을 주문처럼 외며 저주를 하고 있나 생각했다.

"은철아, 아니지?"

벽돌로 독약을 만들지 않으면 아무 효과가 없을 텐데.

"너니? 은철이 너니?"

새댁은 어깨를 좁게 옹등그렸다. 새댁의 가슴이 두어 번 크게 오르락내리락했다. 새댁은 원을 조심스럽게 안아 올렸다. 새댁은 대문으로 들어가려다 말고 몸을 돌렸다.

"원이 동생 좀 여기다……."

은철은 보험여자가 움직이기 전에 비호같이 달려가 인형을 집었다. 새댁이 턱으로 원의 배 위를 가리켰고 은철이 그곳에 인형을 가만히 놓았다.

"고맙다, 은철아."

새댁이 대문을 밀고 들어갔다.

잠시 후 그 대문으로 보험여자가 들어갔고 잠시 후 그 대문으로 순분이 나왔다. 순분의 손에는 빗자루가 들려 있었다. 그 빗자루로 오래 맞아온 금철은 순분이 빗자루에 손을 뻗기만 하면 긴장했다. 손잡이 막대를 잡으면 안심이었다. 뻣뻣한 플라스틱 빗살로 얻어맞을 것이기 때문이었다. 그러나 플라스틱 빗살의 바로 윗부분, 말하자면 빗자루의 멱살에 해당하는 곳을 움켜쥐면 금철은 어린 표범처럼 몸을 도사렸다. 단단한 손잡이 막대가 머리통이나 등짝으로 날아올 것이기 때문이었다.

은철은 이제껏 순분에게 빗자루로 얻어맞은 적이 없었다. 빗살로도 막대로도 그랬다. 지금 순분은 빗자루의 멱살을 틀어쥐고 있었다. 은철은 말없이 기다렸다. 빗자루의 손잡이 막대가 자기 머리와 어깨와 등허리에 딱, 딱, 딱, 황홀한 소리를 내며 떨어질 때까지.

금철의 학교 개교기념일은 마침 곗날이기도 했다. 아침부터 비가 부슬부슬 내렸다.

"얘기 들으셨어요, 형님? 똥순할매가 오늘 새벽에 운문원을 나가버렸다네요."

숨이 턱에 차서 달려온 사우디집의 말에 순분은 깜짝 놀랐다.

"아이고, 저런! 임보살님은 오늘 못 오겠구먼."

"못 오고말고죠. 안 그래도 곗돈을 제 편에 실어 보냈어요."

곗돈이 실려 왔다는 말에 안심한 순분은 그제야 사우디집을 이상스럽게 바라보았다.

"웬일이래? 눈썹도 안 그리고?"

"예에? 제가 눈썹을 안 그렸어요?"

사우디집은 창졸간에 불난 목욕탕에서 벌거벗고 뛰쳐나온 여자처럼 얼른 손바닥을 펼쳐 치부를 가리고 손거울을 찾았다. 사우디집이 휙휙 눈썹에 옷을 입히는 동안 순분이 물었다.

"어떻게 된 거래?"

"글쎄 임보살님 말씀으로는 그 할매가요, 어제저녁에 저녁밥 먹고 도량 바닥도 걸레질하고 빤쓰까지 싹 빨아 널고 잠자리에 들었다는 거예요. 새벽에 향 피울 시간이 돼도 안 일어나기에 웬일인가 싶어 깨우러 들어갔더니 온다 간다 말도 없이 짐 싸가지고 나가버렸다지 뭐예요?"

"아따! 새댁네 시누만큼이나 깨끔하게도 해놓고 떠났네."

순분은 빤쓰 대목에서 감탄한 후 의혹이 짙은 말투로 물었다.

"근데 어디로 갔을까?"

"그건 모르죠."

"깡패아들을 잡으러 갔나, 같이 살러 갔나?"

"글쎄요. 임보살님도 까맣게 모르신다 하더라고요."

"쯧쯧, 원숭이도 나무에서 떨어질 날이 있다더니."

사우디집은 이건 또 무슨 임보살에 대한 요령부득의 험담인가 싶어 눈을 빛냈지만 그날따라 아무 이유 없이 아침부터 기분이 안 좋았던 순분은 사우디집의 눈을 찌를 듯이 손가락질하며 타박을 놓았다.

"자네 눈썹 짝짝이라고!"

다른 때보다 일찍 모여든 계원들은 임보살이 끙끙 앓을 골머리가 궁금해 혀가 간질간질했다.

"설마하니 뚜벅이할배가 원귀가 돼서 똥순할매를 부추기기라도 했나?"

늙은 계원이 말부리를 따자 주변이 왁자지껄해졌다. 원귀라니 그 무슨 불경스러운 말씀을, 아니 그게 왜냐면 그럴 수도 있는 것이 뚜벅이할배가 그냥 곱게 죽은 게 아니니까, 원귀는 어딘가에 들러붙어 제 욕심을 차리고야 만다던데, 만에 하나 뚜벅이할배의 원귀가 임보살한테 원한을 품었다면, 에이 그럴 리가 있겠어요, 그럼 대체 똥순할매는 왜 나간 거야? 어디로 간 거야?

남편인 박가가 저지른 죄가 있어 부은 얼굴로 묵묵히 앉아 있는 통장집만 빼놓고 다들 시끌벅적하게 떠들어대는 가운데 순분이 단호히 말을 잘랐다.

　"원귀라는 건 말도 안 돼요! 임보살님이 천도굿까지 했는데 어째 원귀가 되겠어요?"

　"천도금은 못 받았어도 천도굿은 했으니 원귀가 될 리야 천부당만부당이겠지?"

　늙은 계원이 한발 물러섰다.

　"똥순할매 나이가 칠순 코앞이던가요?"

　사우디집이 물었다.

　"칠순 코앞은 아니고 예순두서너 살쯤 됐다죠."

　보험여자가 대답했다.

　"그렇게 늙어 보인 건 고생을 많이 해 그런가요?"

　늙은 계원이 똥순할매 팔자도 기박하기론 뚜벅이할배 못지않다고 탄식하자 각자 앞다투어 똥순할매에 대해 알고 있는 얘기를 한 토막씩 늘어놓았다. 먼저 보험여자가, 위로 개똥이 오빠가 죽고 바로 태어나 똥순이란 이름이 지어졌다고 말했을 때였다.

　"지동순!"

은철의 말에 여인들은 기겁을 했다.

"아니, 은철이 쟤는 또 언제 여기 들어와 있었대?"

"난 여태 몰랐네요."

"근데 뭐라는 거여?"

방구석에 시무룩하게 앉아 있던 은철이 말했다.

"동자, 순자."

"동자는 누구고 순자는 누구야?"

순분이 물었다.

"그게 아니고, 똥순할매가 성은 지, 이름은 동자, 순자, 라고."

"니가 그걸 어떻게 알아?"

"접때 원이랑 내가 물어봤더니 할매가 그랬어. 지동순이라고."

고개를 끄덕이던 순분이 놀라 외쳤다.

"아니 그럼 그 오빠 이름은 지개똥이란 말인가?"

사우디집이 허리를 잡고 웃으며 말했다.

"똥순할매가 동순이라니까 지개똥도 지개동이겠죠, 형님."

늙은 계원이 말했다.

"지개똥이나 지개동이나 무슨 이름이 그려? 어이구, 어려서 죽길 잘했구먼. 그런 이름으로 창피해서 이 세상을 어떻게 살아?"

다시 얘기는 똥순할매로 돌아와, 똥순할매가 시집은 어디 남쪽 무인도로 갔다더라, 무인도가 사람 안 사는 섬인데 누구한테 시집을 가냐, 아무튼 신랑도 죽고 시집 소도 도망가는 바람에 뭍으로 나왔다더라, 항구에서 뱃사람하고 하룻밤 눈이 맞아 깡패아들을 낳았다더라 하는 얘기들이 줄줄이 나왔다.

"그나저나 뚜벅이할배 천도금은 누가 내죠? 크게 굿을 벌이느라 돈도 꽤 들었을 텐데."

사우디집의 말에 순분이 툭 말을 던졌다.

"뚜벅이할배 아들이 내야지, 뭐."

"그 바보아들이 무슨 천도금을 내?"

큰형님이 말했다.

"그럼 똥순할매 아들이 내든가."

"도망가고 없는 깡패아들이 어떻게 내?"

"그럼 못 받는 거고요."

순분은 일부러 자신 없는 투를 꾸며 대답하고는, 이

쯤에서 하꼬방 앞에 앉아 하염없는 상념에 빠져 있던 난쟁이식모를 불러 점심을 준비하라고 일렀다. 난쟁이 식모가 대답도 안 하고 불손하게 문을 닫아버리는 바람에 순분은 화가 솟구쳤지만 꾹 눌러 참았다. 저러다 똥순할매처럼 온다 간다 말없이 집을 나가버리면 큰일이었다.

"천도금도 천도금이지만 똥순할매가 틈틈이 내기로 약조한 자비금하고 공덕금도 솔찮다고 하던데요."

돈에 관심이 많은 보험여자가 리드미컬하게 '금'에 강세를 두며 말했다.

"그게 다 빚이나 다름없는 건데 법으로 해결을 볼 수도 없고."

큰형님이 말했다.

"법적으로 가면 죽어도 안 되죠. 우리 임보살님은 뭐든 법적으로 하는 건 질색하시니까."

"똥순할매든 깡패아들이든 둘 중 하나를 잡아들이는 수밖에 없는데."

"그것도 경찰에 신고를 해야 하는데, 우리 임보살님은 또 그런 관공서하고 얽히는 것도 싫어하시니까요."

보험여자가 임보살의 대변인처럼 말했다. 조용히 있던 순분이 신중하게 입을 떼었다.

"잡아들인들 돈 받는다는 보장이 있어요?"

"그게 무슨 말이여?"

큰형님이 물었다.

"임보살님 말씀으로야 똥순할매가 자청해서 이것저것 바치겠다고 했다지만, 거기 무슨 증거가 있어요, 문서가 있어요? 또 솔직히 아닐 말로 그 아들은 거기에 무슨 책임이 있어요?"

"그놈이 왜 책임이 없어? 임보살이 공돈을 받겠다는 것도 아니고, 지가 사달이 된 일에 지 에미가 내기로 약조한 돈인데?"

"큰형님도 답답하셔라. 어디 깡패 놈들이 그런 이치를 아는 놈들이게요?"

사우디집이 순분의 편을 들었다.

"그러게 내가 뭬랬어요? 깡패가 시줏돈 강도질해 갔다는 말은 들어봤어도 부조했단 말은 못 들어봤네요."

살살 눈치를 살피며 얘기에 끼어들 기회만 노리던 통장집도 순분의 편을 들고 나섰다.

"솔직히 말해서,"

순분이 한술 더 뜨는 얘기를 했다.

"깡패아들이 임보살님한테 그동안 지 에미가 일한 세경을 내놓으라고 덤벼도 할 말 없죠, 뭐."

그제야 큰형님은 왠지 몰라도 오늘따라 계주가 임보살의 근심을 부추기는 쪽으로 화제를 끌어가고 싶어하는 걸 눈치채고 눈을 끔쩍이며 말했다.

"그려. 좀 부려먹었어야지."

"때가 때니만큼 임보살님도 신경이 꽤나 쓰이시는 모양이에요."

보험여자가 말했다.

"도대체가 시절이 좋지 않아. 왜 자꾸 이런 일이 생기는지."

큰형님의 말에 계원들이 불길한 표정으로 고개를 끄덕였다.

"그 할매, 언제든 한 번은 우리 임보살님 속 썩일 줄 알았어요."

언제까지나 임보살 편인 보험여자의 말이었다.

"큰 걱정이 났죠. 앞으로다 그 많은 공양 일을 누가

해요? 저러다 임보살님 쓰러지시기라도 하면 어째?"

순분이 말했다. 도대체 의중을 알 수 없이 이랬다저랬다 하는 순분의 말을 사우디집이 싹싹하게 받았다.

"다들 노심초사죠. 지금껏도 쓰러질 듯 쓰러질 듯 오직 불심 도심 천심만으로 버텨오신 분인데."

그러자 다들 얼씨구나 하고, 좀 쉬시라고 해도 그런 얘기는 한 귀로 흘리고 큰 뜻을 이루는 데 몸 아끼는 법 없다고 일갈했다느니, 아이구 이 노릇을 어쩌냐느니, 마가 낀 게 분명하다느니, 누가 어디 용한 데서 보약이라도 한 제 지어다 드린다고 벌써부터 벼르고 있다느니, 그거 잘하는 일이라느니, 그런데 불자 몸은 부처님이 돌봐주시고 도인 몸은 신선님이 지켜주시고 뭐니뭐니 해도 임장군님과 명월신님께서 든든하게 받쳐주시지 않느냐며 어디 그런 보약을 입에 대시려구나 하냐느니, 아이구 관셈보살이라느니, 마치 누구 들으라고나 하는 듯 입을 모아 한가지로 임보살 걱정을 했다.

이렇게 한바탕 열을 내어 떠들고 나니 허기가 몰려왔다. 난쟁이식모에게서는 아무 기별이 없었다. 잠시 침묵이 흘렀다. 보험여자가 얕은 한숨을 내쉬며 말했다.

"그나저나 뚜벅이할배네 바보아들은 어쩐대요? 할배 죽고 그나마 똥순할매가 챙겨주고 있었는데 천상 정신병원에 갇히게 생겼네요."

"괴상한 씨가 거둬주면 좋으련만."

큰형님이 말했다.

"그러게요."

다시 침묵이 흘렀다.

순분을 비롯한 대다수의 계원들은 뚜벅이할배의 죽음에 통장인 박가가 깊이 연루되었다는 소문을 속속들이 들어 알고는 있었지만, 통장집이 어엿이 계원으로 참석하고 있는 터라 말을 아끼고 속으로만 답답하게 사연을 짚어볼 따름이었다. 통장집이 자리를 비켜주면 그날 밤 박가와 깡패 놈이 이런 얘기를 나누었다더라 박가가 이렇게 부추겼다더라 하면서 마음껏 수다를 떨 테지만, 바로 그 이유 때문에 통장집은 해산한 지 두 달밖에 안 되어 아직 꺼지지 않은 배를 부여안고 필사적으로 자리를 지켰다.

다들 미진한 얼굴로 입맛을 다시며 점심이 준비되기만 기다렸다.

난쟁이식모가 엉망으로 끓여 온, 불어터지고 국물 간이 영 싱거운 수제비를 한 그릇씩 먹고 곗돈을 나눈 계원들은 이제 슬슬 운문원 임보살에게 위문이라도 가 봐야 할 시간이라고 생각은 했지만 일찍 가야 날씨도 구질구질한데 일밖에 더 하겠나 싶어 다들 미적거리고 있었다.

계원들은 커피를 마시고 난쟁이식모가 시고 짜게 부 쳐 온 김치전을 먹으며, 생각난 김에 난쟁이식모의 성 격을 악화시키고 음식 솜씨를 퇴보시킨 깊은 우울의 원인이 된 하꼬방 청년에 대해 입방아를 찧기 시작했 다. 그들은 일주일째 들어오지 않고 행적이 묘연한 하 꼬방 청년이 간첩이 아닌가 하는 문제로 열을 올렸다. 아직 대학생인데 설마 간첩이겠냐, 오히려 간첩 잡는 군대에 갔을 거라는 변호와 라디오 들어보면 모르냐, 요즘엔 대학생 중에도 간첩이 많다더라는 의심이 팽팽 히 맞섰지만 정작 집주인인 순분은 말없이 입술만 질 근질근 씹다 경고하듯이 이렇게 말했다.

"간첩이든 아니든 나는 상관없고 누가 먼저 신고만 해보라고요. 보증금 제하고도 월세가 두 달 치나 밀렸는데 그놈이 잡혀 들어가면 그 돈은 신고한 사람이 물어내야 할 거니까. 간첩 포상금 타서 물면 되겠네."

늙은 계원이 순분의 눈치를 보며 말했다.

"낯바닥이 고아놓은 달구 살갈이 희끔한 게, 주둥이가 달구벼슬 모양 발그족족한 게, 영 마음에 걸리더만은."

예기치 않게 닭 얘기가 나오는 바람에 은철은 표정이 어두워졌다.

"이럴 땔 대비해서 보험에 들어놨으면 좋았을 건데……."

보험여자의 말에 순분은 까닭을 알 수 없는 불쾌를 주체하지 못하고 팩 쏘았다.

"배보다 배꼽이 더 크겠네!"

순분은 청년이 살던 습기 찬 하꼬방을 다시 세놓기가 여간 어려운 일이 아님을 절감하고 난쟁이식모만큼이나 심사가 사나워져 있었다. 여인들은 신속히 다른 화제로 넘어갔다. 그러나 이날따라 계주인 순분이 대화에 별반 흥미를 보이지 않고 시큰둥해 있어 여인들은 심심풀이로 성냥개비를 분질러놓고 화투나 몇 판치기로 했다.

　오전 내내 내리던 비가 오후가 되면서 그쳤다. 밖은 환히 개었다.

　은철은 개교기념일이라 학교를 쉬는 금철의 뒤를 따라 좁고 질척한 골목길을 빠져나왔다. 큰 키에 어깨를 잔뜩 치켜세운 금철은 열세 살보다 훨씬 올되어 보였다. 금철은 하시라도 적의 발을 걸어 넘어뜨릴 만반의 태세를 갖추고 거들먹거렸지만 적들도 또래의 친구들도 보이지 않았다.

　"동생을 뭐 이렇게 어린 걸로 낳았나?"

　순분이 가게에서 물건을 잘못 사 오기라도 한 양, 자기를 보좌하기에 턱없이 어린 동생을 둔 불만을 늘 토로하던 금철은 요즘 자기 뒤만 졸졸 따라다니는 은철을 보고 이 녀석 나이를 빨리 먹게 할 수는 없고 어떻게든 튼튼하고 강한 놈으로 훈련부터 시켜야겠다고 마음을 고쳐먹었다. 금철은 엄격한 교관처럼 막대기를 땅땅 두들기며 은철에게 계단 뛰어내리기 훈련을 시켰다. 지독한 강훈 끝에 은철은 괄목할 만한 성과를 보였다. 발목이 접질릴 위험을 감수하면서도 자기 키보다 훨씬 높은 계단에서 뛰어내렸는데, 중심이 앞으로 쏠려 살짝 땅을 짚은 것만 빼면 놀랄 만큼 사뿐한 착지였다.

계단 훈련이 끝나자 금철은 고갯길 중턱, 즉 가난의 정상과 풍요의 들판을 잇는 수직축의 중심에 다리를 벌리고 늠름하게 섰다. 잿빛 기와들과 나무판자, 갓길에 쌓인 채 굳어버린 시멘트 덩어리가 짙은 물기를 머금고 있었다. 젖은 보도 위로 개들이 뛰어다녔고 삼벌레고개 꼭대기에 이르는 고갯길엔 비 그친 뒤 막 누어놓은 똥들이 가을 햇살을 받아 보랏빛으로 번쩍거리고 있었다.

비도 그친 터라 윗동네 바위 꼭대기에 올라가 삼벌레고개를 내려다보며 목청껏 소리라도 지르면 속이 시원할 것 같았지만 패거리도 없이 혼자 윗동네를 기웃거리는 건 아무래도 위험했다. 금철은 '높이의 모험'을 포기하고 '넓이의 모험' 쪽으로 방향을 선회하여 아랫동네로 향했다. 은철도 뒤를 따랐다.

박가네 평상에는 비루먹은 말의 형상을 한 괴상한 씨 혼자 앉아 있고 맞은편에는 곰딴지수학자가 쭈그리고 앉아 있었다. 곰딴지는 꼬챙이로 바닥에 그림을 그릴 생각은 안 하고 불안한 얼굴로 사방을 두리번거렸는데, 그게 아비가 죽어서 생긴 변화인지 그저 변덕이 나서인지 알 수 없었다. 사실 그 자신 비극의 핵이었던 박가는 날이면 날마다 자기 가게 평상에 앉아 해괴한 노래를 불러대는 괴상한 씨를 눈엣가시처럼 여겼다. 그러나 바보나 깡패나 착한 사람은 어찌해볼 수 있어도 괴상한 사람은 어찌해볼 수가 없었다.

은철은 폴짝 뛰어 괴상한 씨와 곰딴지수학자 사이를 잇는 보이지 않는 선분을 넘었다. 그 순간 은철은 손바닥 보듯 환히 알게 되었다. 지동순 할매가 소리 소문 없이 삼벌레고개를 떠난 이유를. 할매는 평상 위에 오롯이 새겨진 뚜벅이할배의 없음을 견디지 못했던 것이다. 오고 갈 때마다 할매만 보면 벌떡 일어나던 그 할배의 없음을, 그 강한 부재의 힘을 감당하지 못했던 것이다. 지금 은철은 그 할매처럼, 뚜벅이할배의 걸음을 다시 볼 수 없다는 슬픔을 생생히 느꼈다.

넓이의 모험은 중턱 소년들이 삼벌레고개 꼭대기 바

위에 올라가 기른 호연지기를 아랫동네에 내려와 한껏 과시하는 축제적 성격을 띠었다. 평평하고 넓은 복개 도로와 고개 초입의 경사면이 만나는 지점 맞은편에는 아랫동네를 휘감고 흐르는 개천이 있었다. 넓이의 모험은 그 개천을 건너뛰는 모험이었다. 개천의 폭이 위는 좁다가 아래로 갈수록 점점 넓어졌기 때문에 모험의 등급을 다양하게 결정할 수 있었다. 잘못 건드렸다가는 큰코다칠 일밖에 없는 눈꼴신 아랫동네 부유층 자제들 앞에서 중턱의 소년들은 고난도의 재주와 무적의 용기를 과시함으로써 그들을 주눅 들이고 우월감을 맛보았다.

그날따라 개천가에 유난히 많이 모여든 똘마니들을 보자 금철은 가벼운 흥분을 느꼈다. 금철은 적당한 폭의 개천을 건너뛰며 슬슬 몸을 풀었다. 금철이 건너뛰는 개천의 폭은 점점 넓어졌다. 마침내 가장 폭이 넓은 지점을 건너뛸 차례였다. 중턱의 모험소년 중에서도 금철은 그곳을 가장 멋지게 건너뛰는 최고의 재주꾼이었다. 은철은 형의 빠른 도움닫기와 힘찬 도약을 볼 때마다 가슴 뻐근한 자랑스러움을 느꼈다. 가문의 영광

이란 이럴 때 쓰는 말이었다. 개천 위 허공을 가르는 금철의 동작은 획의 겨드랑이에 날개라도 달린 듯한 새댁의 활달한 글씨체를 닮아 있었다.

그날따라 유독 더 화려하고 완벽한 금철의 묘기에 똘마니들은 박수를 아끼지 않았다. 그러나 금철은 자기 재주를 충분히 발휘했다기에는 뭔가 미흡한 생각이 들었다. 가장 넓은 폭의 개천을 몇 번이나 건너뛰었지만 아쉬움은 사라지지 않았다. 뭐가 문제일까 곰곰이 생각하던 금철은 마침 두 달배기 아기를 업고 나와 있는 통장집 식모 막달이를 보는 순간 그 답을 찾아냈다. 금철은 막달이에게 포대기를 풀어, 아기를 썩 내놓으라고 명령했다. 식모살이의 기본도 모른다는 이유로 난쟁이식모에게서 한껏 맹꽁이 대접을 받는 막달이는 주인집 아기의 안위는 뒷전이고 금철의 묘기를 보는 데만 정신이 팔려 선뜻 포대기 끈을 풀어 두 달 된 또복이를 썩 내놓았다.

"잘 봐라, 응? 내가 지금 애기를 안고 여기를 뛰어넘는다!"

금철은 또복이를 옆구리에 끼고 개천을 뛰어넘기 위

해 달려 나갔다. 조금 자세가 흐트러지는가 싶었지만 이내 건너편 기슭에 안전하게 착륙했다. 또복이가 놀라 깨었지만 금철은 개천 끝으로 에둘러 오는 법이 없이 다시 또복이를 안고 개천을 되넘어왔다. 막달이는 우는 또복이를 받아 들고 환호했다. 은철도 미친 듯이 소리를 질렀다.

금철은 그런 은철에게 잠시 시선을 고정하고 생각에 잠겼다. 금철의 눈에 개천을 뛰어넘는 동반자로 또복이보다 은철이 훨씬 위험해 보였고, 또 위험한 만큼 자기 재주와 용기를 과시하기에 더할 나위 없이 적절해 보였다. 그러나 될까? 될까? 하지 말까, 하는 생각이 들었지만 금철은 하고 싶었고 할 것이었다. 금철은 더 이상 생각하지 않았다. 안 될 게 뭐야? 그게 천하의 박금철이었다. 금철은 개천가에 모인 조무래기들에게 은철을 가리키며 이렇게 말했다.

"니들 똑똑히 봐라, 응? 이번엔 내 동생을 옆구리에 끼고 여기를 뛰어넘는다!"

은철은 낯빛이 하얘졌다. 나를? 형이 나를? 가슴이 쿵쿵 뛰었다. 은철은 이렇게 넓은 폭의 개천을 뛰어넘어본 적이 없었다. 그런데 형하고 여기를 넘는다고? 금철이 다가와 은철을 들어 오른쪽 옆구리에 끼었다. 은철은 또복이에 비할 바가 아니게 무거웠다. 그러나 이쯤이야 하고 금철은 생각했다. 동생을 개천 건너편으로 옮기기 위해서는 날랜 기교뿐 아니라 강력한 힘을 내는 근육 또한 필요하다는 사실을 금철은 몰랐다. 금철은 은철을 옆구리에 끼고 발사된 총알처럼 돌아오지 못할 궤도를 달려 나갔다. 은철은 형의 옆구리에 매달려 허공을 날았다. 이번에도 금철은 개천을 건너뛰는 데 실패하지 않았다. 다만 옆구리에 매달려 있던 은철만이 본체에서 분리된 부품처럼 개천 위 허공에 사선을 그으며 바닥에 추락했다.

펙!

처음이자 마지막으로 허공을 날아본 순간, 은철은 아찔한 공포를 느꼈고 곧바로 바둥거리며 떨어졌다. 개천 바닥에는 진흙이나 자갈이 깔려 있었지만 은철은 그 가운데 불쑥 솟은 단단한 바위에 무릎을 부딪쳤다. 닭발 사건으로 순분에게 빗자루 막대로 얻어맞았을 때보다 몇십 배 더한 통증이 찾아왔다. 은철은 지독한 아픔과 두려움 속에서 정신을 잃었다.

구경하던 아이들은 폭발물이라도 터진 듯 삽시간에 흩어져 악을 쓰며 삼벌레고갯길을 달려 올라갔다. 통장집 막달이도 알아듣지 못할 소리를 내지르며 고갯길을 달려 올라가 박가네 가게를 지나 운문원을 돌아 우물집 대문을 박차고 들어가 안방 문을 열어젖혔다.

"아줌마! 금철이가 개천에서 건너뛰다가 은철이를 빠쳤는데요, 처음에는 우리 또복이가 건넜는데요, 또복이는 금철이가 안 빠치고 도로 데리고 와가지고……."

화투를 치던 여인들은 막달이의 횡설수설을 제대로 알아먹을 수 없었지만 본능적인 위기감에서 화투판을 엎고 일제히 대문을 박차고 뛰어나갔다. 순분은 개천 바닥에 쓰러져 있는 작은아들의 고동색 셔츠와 까만 바지를 알아보았지만 처음엔 아무 생각도 들지 않고, 쟤가 왜 저기 엎드려 있나 했다. 괴상한 씨가 개천 가장자리 돌벽을 타고 내려가 꼼짝도 안 하는 은철의 몸을 살며시 들어 올렸다. 눈을 꼭 감은 은철의 조그만 얼굴을 본 순간 순분은 숨소리보다 작게 물었다.

"우리 애기…… 죽었나요?"

금철은 그 자리에서 줄행랑을 쳐 그날 밤 집에 들어오지 않았다. 순분은 은철이 입원한 병원에서 밤을 새우고 다음 날 저녁 만춘과 교대를 하고 집으로 돌아왔다. 새댁이 거지꼴로 우물 앞에서 서성이고 있는 금철을 데리고 들어왔을 때 순분은 부리나케 빗자루를 찾았다.

"이 개놈아! 니 동생을 절름발이로 만들었으니 너도 다리몽둥이가 부러져봐라."

금철이 무릎을 꿇었다. 빗자루 멱살을 잡고 뛰어나온 순분을 새댁이 막아섰다.

"형님! 형님!"

금철이 오른손을 치켜들었다.

"엄마, 내 손을 잘라줘. 내가 이 손으로 은철이를…… 이 손으로……."

금철은 동생을 옆구리에 안았던 오른손을 벌벌 떨며 눈물을 흘렸다. 순분은 벌벌 치켜들었던 빗자루의 멱살을 힘없이 놓았다. 그리고 그 자리에서 금철을 용서했다. 용서라는 말의 모든 의미에서 그렇게 했다. 그 후로 순분이 단 한 번도 금철의 죄를 따져 묻지 않고 기꺼이 보듬어 안게 된 데는 통장집의 역할도 컸다.

통장집은 남편 박가에게 집중된 소문을 일거에 잠재울 절호의 기회라 생각하고 금철의 비행과 은철의 부상에 비상한 관심을 기울였다. 은철이 수술을 받아봤자 다리병신이 되고 말게 생겼다는 소식을 접하자 통장집은 만나는 사람마다 붙들고 입술을 부르르 떨며 그러게 내가 뭐랬냐며, 금철이 놈이 언제라도 사고를 칠 줄 알았다며, 자칫하면 자기네 또복이가 죽을 뻔했다며, 금철이 놈을 내버려뒀다간 똥순할매의 깡패아들 짝이 나고 말 거라며, 당장 그 흉악무도한 놈을 동네에서 쫓아내야 한다고 떠들고 다녔다.

순분은 불구가 될지 모르는 작은아들의 시련과 괴로움, 그리고 그 강도와 길이에 상응하여 큰아들이 지고 가야 할 자책과 죄의식에 깊은 동정을 느꼈다. 그렇게 매를 때리기 좋아하던 순분이 이제 아들들에게 내릴 평생의 매는 다 내렸다고 결정한 순간, 빗자루나 막대자 연탄집게같이 매질에 동원되었던 모든 도구는 제본성을 되찾고 바닥을 쓸거나 눈금을 재거나 연탄을 집는 본연의 임무에 충실하게 되었다. 그래서 은철이 다친 후로 우물집 안채에서 하루건너 한 번씩 들려오던 매를 맞아 비명을 지르고 울부짖는 소리가 사라진 대신, 늦은 밤이면 병원에서 돌아와 술을 먹고 소리 죽여 우는 만춘의 울음소리가 하루건너 한 번씩 우물집을 감싸고 돌았다.

새댁과 원은 조심스럽게 병실 문을 열고 들어갔다. 입원에 대한 환상을 품고 있는 데다 병문안을 처음 해보는 원은 흥분하여 볼에 홍조를 띠고 있었다. 원은 새댁이 하는 걸 지켜보고 그대로 흉내를 내어 오만상을 찌푸려 걱정스러운 표정을 지었다. 새댁이 순분과 창문 아래에 놓인 장의자에 마주 앉은 후에야 원은 은철의 병상 앞에 냉큼 동생을 내밀었다.

"나는 원이언니 동생 희라고 해. 오빠 누구야?"

원은 스스로를 낮간지럽게 원이언니라고 지칭하며 아기 목소리로 인사를 했다.

"난 박은철."

"은철오빠, 안녕? 앞으로 친하게 지내."

은철은 원이 내민 희의 새끼손가락만 한 팔을 잡고

악수를 했다.

"오빠, 많이 아파?"

"아니야. 괜찮아."

"오빠, 궁금한 거 하나 있어."

"뭔데?"

"오빠가 잡은 잠자리, 어떻게 됐어?"

은철은 차마 오이 조각으로 대가리를 눌러 죽였다고 는 말하지 못하고, 그냥 죽었어, 하고 말했다. 원은 희 의 팔을 살짝 벌려 아쉬움을 표시했다. 그들 셋은 침대 에 기대앉아 예전에 자주 보던 자줏빛 표지의 동화책 을 함께 보았다. 동화책을 보는 내내 원은 은철이 희를 안고 있게 해주었다.

장의자에 순분과 나란히 앉은 새댁은 돈을 꾸러 온 사람처럼 순분의 손을 한참 붙들고 놓지 않더니 마침 내 비장의 각오를 드러내며 어렵사리 말을 꺼냈다.

"형님, 굿을 할 게 아니라 얼른 수술을 받게 하세요. 저대로 놔두면 무릎이 부서진 채 굳는다지 않아요?"

"내 말 좀 들어봐, 새댁."

순분이 차분한 자신감을 보이며 말했다.

"수술은 받을 거야, 받을 건데, 이번 굿은 임보살님이 거저나 다름없이 해준다고 했어. 굿으로 효험을 본 사람이 한둘이 아니야. 병원에서도 그러잖아? 수술받아도 애 절름발이 되는 건 불 보듯 뻔한 일이라는데, 지푸라기 잡는 심정으로다 임보살님 믿고 굿 한번 해보고 싶어서 그래. 사람 일이란 게 또 모르는 거니까. 병원에서 못 고치는 병 그 보살님이 숱해 고쳤어. 굿 힘으로 우리 은철이, 멀쩡하게 다시 걸을 수도 있잖아, 새댁?"

순분의 말을 듣는 새댁의 표정은 침통했다. 새댁이 슬픈 눈으로 은철을 바라보자 은철이 손가락으로 책 속에 그려진 벌거벗은 임금님을 가리켜 보였다.

"새댁아줌마, 그 아저씨요, 그 아저씨……."

은철이 웃기 시작했다. 원도 웃었다. 새댁도 그 말뜻을 알아듣고 희미하게 웃었다.

은철은 육식이 아저씨가 이 동화를 제일 좋아한다는 사실을 새댁에게 환기시키고 싶었다. 그러나 왜 그런지 몰라도 그걸 엄마 앞에서 누설해선 안 되기 때문에, 그러면 또 새댁이 못 놀러 오게 할지 모르기 때문에 말은 안 하고 손가락으로만 가리켰다.

육식이는 이 동화를 보면서 진실과 용기가 어쩌니 저쩌니 객쩍은 소리로 어린 스파이들을 현혹시키려 했지만, 육식이의 눈길은 한결같이 벌거벗은 임금님의 두툼한 살집에 고정되어 있었다. 스파이들은 육식이가 임금님을 잡아먹고 싶어 한다는 것을 눈치챘다. 육식이는 임금님의 살덩어리를 끊임없이 꼬먹을 수 있는 고깃근으로 환산하고 있었다. 그들이 벌거벗은 임금님을 탄로 낸 아이처럼 그런 사실을 탄로 내자 당황한 육식이는 천둥 같은 웃음을 터뜨리며 고였던 군침을 마구 그들의 얼굴에 분사했던 것이다.

오랜만에 은철의 웃음소리를 들은 순분이 새댁의 양손을 모아 잡았다.

"내 소원이다. 우리 애기한테 굿 한번 해주자. 부정 타게 더는 말 마라, 새댁."

우물집 대문이 활짝 열리고 굿판이 벌어졌다. 굿상 위엔 알록달록한 종이 장식과 촛대와 과일과 떡이 놓였고, 상 앞에는 은철이 겁먹은 얼굴로 왼쪽 다리를 뻗치고 앉아 있었다. 그 옆에서 순분은 연신 입을 달싹거리고 손바닥을 싹싹 비볐다.

좁은 마당에 통장집을 뺀 나머지 계원들이 쭉 둘러 섰다. 똥순할매가 없어 그런지 돈을 덜 들여 그런지, 계원들은 굿상이 변변찮다는 것을 대번에 알아차렸다. 늙은 큰형님이 아니, 굿상이 어째, 하는 걸 보험여자가 눈짓으로 막았다. 미처 우물집 안으로 들어오지 못한 동네 여인들은 대문을 빙 돌아 섰고 몇몇은 우물 덮개 위에까지 올라앉았다.

임보살이 등장했다.

"태깔 한번 얼큰하다."

임보살의 화려한 옷치레를 본 늙은 큰형님이 이렇게 추임을 넣었지만 아무도 맞장구를 치지 않았다.

"고추기름 잘 낸 육개장 태깔이네그랴."

늙은 여인이 이번엔 좀 작게 중얼거렸다. 육개장을 떠올린 여인들이 목젖을 꿈틀거리며 조용히 침을 삼키는 가운데 굿이 시작되었다.

어디라 삼악티에 해년단은 갑인년이요,

계유월 임신일에 순분선녀 어린 아들 인사드리옵나

니이이이,

　귀연 아기 기를 적에 어떤 옷을 입혔나

　해가 돋아 일광다안, 달이 돋아 월광다아아안……

　명월신에게 마음을 빼앗긴 임보살은 일광단보다 월
광단을 훨씬 길게 늘여 읊더니, 이내 구구단을 외듯 온
갖 비단으로 순분선녀의 귀연 아기 은철을 치장시켰다.

　높이 떴다 길문단

　품 틀어서 용문단

　인조견이라 매화단

　대천 바다는 조개문단

　임보살은 이틀 만에 급조된 굿을 칠일 정성 구일 재
계를 들여 준비했다고 우기더니, 급기야는 있지도 않
은 백설기, 세설기, 높은 나무 푸른 과일, 낮은 나무 노
란 과일 등의 제물을 입심 좋게 진설했다.

　이어 임보살은 한 손으로는 부채를 접었다 폈다 하
고 한 손으로는 요령을 흔들면서 부처와 신선과 공맹

과 노장을 두루 초청하고, 옥황과 칠성과 천존과 용왕
과 산신령까지 불러 모았다. 특히 임장군과 명월신께
는 가을 정취에 맞는 쓸쓸한 노래까지 불러 올렸다.

으허어…… 간밤에 부든 바람 만정도화 다 지겠네,
으허어…… 아이는 비를 들고 쓸으려 하는구나아,
으흐으으으…… 낙화는 꽃 아니랴 쓸어 모아아아흐
으……

굿을 주관하는 무당치고는 흥이나 재주가 부족한 임
보살이 그걸 만회하려고 이가 빠진 녹슨 부엌칼을 허
공에 휘두르기 시작했을 때는 가까이 둘러선 여인들이
두려워 두어 발짝 물러났다. 임보살은 알아들을 수 없
는 주문을 숨 가쁘게 외며 미친 망나니처럼 칼을 휘두
르다 무릎이 부서진 은철의 왼쪽 다리에 칼날을 살짝
대더니 축귀하듯 변소 앞으로 휙 내던지고는 마지막으
로 축원을 했다.

이 정성 받으신 후 삼재팔란 다 제치고

자손으로 화초 삼고 웃음으로 열락하고

만사가 대길하고 백사가 순종하고

먹고 남고 짜고 남게 도와줍소사아아아흐으……

순분이 눈물을 흘리며 임보살 앞에 납작 엎드리자
자식을 둔 모든 여인의 눈가가 붉어졌다.

굿의 효험으로 깨진 무릎이 매끈한 도자기처럼 회복
되는 기적은 일어나지 않았다. 은철은 다시 병원에 입
원해 골편을 제거하고 핀과 와이어를 박는 수술을 받
았다. 슬개골이 스무 조각 이상 산산조각 났고 십자인
대도 파열된 상태였다.

그해 가을엔 맑은 날보다 비가 오는 날이 더 많았다.
예전에 만춘은 배짱이 두둑해야 할 사내놈이 울면 배
꺼진다고 호통을 쳤다. 그래서 순분에게서 호된 매질을
당해도 금철은 소리는 지를지언정 울지는 않았다. 그러
나 요즘 와서는 만춘이 자기만 보면 울어대니 은철은
자기도 마음껏 울어도 될 것 같았다. 마취에서 깨어난
깊은 밤, 고정시켜놓은 무릎을 누군가 송곳으로 쪼고

지그시 눌러 남은 뼈마저 가루로 만드는 통증이 시작되었다. 타는 듯한 열이 온몸에 퍼졌다. 고통이 날 선 철창으로 사방에 벽을 치고 은철을 가두었다. 순분도 만춘도, 그 누구도 들어오지 못하는 그 무서운 상상의 방에서 은철은 혼자 울었다. 기나긴 울음을 울고 또 울 때, 그리하여 숨이 넘어가 잠시 울음을 멈추었을 때, 창밖엔 더 길고 오랜 가을비가 차분차분 내리고 있었다.

은철은 왼쪽 다리에 깁스를 하고 순분에게 업혀서 우물집으로 돌아왔다. 은철의 다리는 병원에 들어가기 전보다 별반 나아지지 않았다. 자칫 더 늦었다간 다리를 잘라낼 뻔했다는 의사의 말이 그나마 위로가 되는 판국이었다. 상태를 보아 한두 달 뒤쯤 깁스를 풀고 내년쯤에 무릎에 박은 핀과 와이어를 제거하는 수술을 받아야 한다고 했다. 무릎이 얼마나 접힐 수 있을지는 지금으로서는 알 수 없는 일이라고 의사는 말했다.

순분은 통장집 여자뿐 아니라 임보살을 비롯한 동네 여인들과도 교제를 끊고 계주 노릇도 보험여자에게 물려주었다. 이제 우물집 대문을 박차고 들어오는 동네 여인들은 없었다. 일주일에 한 번씩 해안가 출신의 오

뎅 장수 여자가 들렀다 갔고 사우디집이 가끔 지나다
우물집 대문을 빼꼼 열어볼 뿐이었다.

　그나마 삼벌레고개 중턱에서 식모로서 명망이 높은
난쟁이식모가 밖에서 몇 가지 소식을 물어 왔다. 뚜벅이
할배의 바보아들이 괴상한 씨네 저택에 들어가 살게 된
것이며, 여전히 통장집이 금철을 저주하고 다니는 것이
며, 통장 박가가 현저히 기가 죽고 말수가 줄어든 것이
며, 운문원에 어린 식모가 새로 들어왔다는 것 등을 순
분은 난쟁이식모로부터 들었지만 이상하리만큼 아무
관심도 생기지 않았다. 순분은 불쑥 이런 혼잣말을 중
얼거렸다.

　"그 죄를 다…… 어떻게 받으려고……."

　이즈음 순분의 머릿속에 들러붙어 떠나지 않는 생각
은, 두어 달 전에 계원들 앞에서 앉은뱅이가 된 새댁네
시누 얘기를 늘어놓던 일이었다. 그이가 계단에서 내
려오다 뒤퉁맞게 굴러떨어지는 바람에 골반뼈가 깨져
서 앉은뱅이가 되고 말았답니다. 그렇게 병신이 돼가
지고 앉아 뭉개면서 제일로 문제가 되는 게 뭐였겠어
요? 계원님들 생각에, 응? 응? 똥이었다 그래요, 똥!

어린이용 목발을 짚고도 다리가 아파 뛰기는커녕 잘 걷지도 않는 탓에 똥이 굳어 변을 볼 때마다 요강에 앉아 용을 쓰며 깁스한 다리를 뻗치고 우는 작은아들을 보며 순분은 자기가 어떻게 그런 끔찍한 얘기를 그토록 신나게 쏟아놓았는지 이해가 되지 않았다. 몸뗑이를 자유자재로 놀리질 못하니까 똥이 딴딴하게 뭉쳐가지고, 나중엔 시다가 그이를 옆으로 뉘어놓고 젓가락으로 똥구멍에서 똥을 파냈다니 말 다 했지요. 앉은뱅이 된 지 석 달 만에 자살했대요, 글쎄.

자기가 내뱉은 말이 불쑥불쑥 떠오를 때마다 순분은 잊고 있었던 시렁 위의 유리그릇이 떨어져 산산조각이 나는 느낌이 들었다. 그것은 작은아들의 옥 같은 무릎뼈가 와삭 부서지던 순간을 상상할 때의 느낌과도 비슷했다. 아마 새댁네 시누의 골반뼈가 부서질 때도 그러했으리라.

순분은 탄식했다.

"내가 그 죄를…… 어떻게 다……!"

죄와 벌

가을이 깊어가면서 삼벌레고개에도 단풍이 한창이었다. 마당이 넓은 아랫동네 주민들은 단풍을 자랑하기 위해 서로의 정원을 제한적으로 개방하기도 했다. 윗동네로 갈수록 수목을 키울 공간이 없어 판잣집 주변에서는 단풍을 보기 어려웠지만, 판잣집들 너머 택지로 개발 안 된 삼악산 수목의 단풍은 아랫동네 정원의 예쁘장한 단풍들과는 비교할 수 없이 웅장하고 수려했다.

우물가의 오래된 은행나무도 노랗게 물들었다. 그러나 우물집은 여전히 못 쓰게 된 우물 안처럼 조용했다. 하꼬방 청년은 돌아오지 않았고 방도 세가 나가지 않아 비어 있었다. 그리하여 우물집에는 순분이 이사 온

이래 난쟁이식모까지 포함해 아홉이라는 가장 적은 수의 식구들만 살게 되었다.

언제부턴가 안덕규의 귀가가 빨라졌다. 덕규는 집에 오면 양말을 벗고 손발을 씻고 건넌방에 들어가 문을 닫고 앉은뱅이책상에 앉아 책을 읽었다. 새댁은 원에게 아버지가 한의학을 연구하는 중이니 절대 방해하면 안 된다고 일러두었다. 덕규가 잠깐씩 건넌방에서 나왔다 들어갈 때면 그 뒤를 좇는 새댁의 눈동자가 해수면에 뜬 부표처럼 아름답게 넘실거렸다.

병원에서 울보가 되어 퇴원한 은철은 틈만 나면 원을 졸졸 따라다녔다. 은철을 운동시키기 위해 원은 오전 내내 몇 번씩 삼벌레고개를 오르내려야 했다. 은철은 목발을 짚고 절룩거리면서 원의 뒤를 좇았다. 힘들면 박가네 평상에 앉아 괴상한 씨의 노래를 듣거나, 맞은편에 쪼그리고 앉은 곰딴지수학자의 뭉툭한 코를 바라보았다. 그럴 때면 어쩔 수 없이 뚜벅이할배와 똥순할매 생각이 났다. 얼마쯤 쉬었다 싶으면 원이 동생 희를 안고 일어섰다. 은철이 울상을 지어도 원은 살뜰하

게 타일러 일으켜 세웠다. 그건 마치 아픈 남동생을 돌
보는 누나와 같은 태도였는데, 원 스스로도 새댁에게
여동생과 남동생 둘을 데리고 다니는 기분이라고 고백
한 바 있었다.

"힘들면 오늘 아침엔 쉬렴."

새댁의 말에 은철이 반색을 했다.

"안 돼요, 어머니."

원이 말했다.

"왜?"

"은철이는 해야 해요."

"그런데 너는? 하고 싶니, 해야 하니?"

"모르겠어요."

원은 고개를 숙였다 들었다.

"옛날에 어머니가…… 이랬다저랬다 하는 거 아니라
고 하셨어요."

새댁은 원을 보고 은철을 보았다.

"네 말이 옳구나."

오후가 되면 원은 녹초가 되어 낮잠에 곯아떨어졌
다. 잠에서 깨면 한동안 손가락도 까딱할 수 없었다. 원

은 누운 채 눈만 감았다 떴다. 쪽마루로 향한 방문이 반쯤 열려 있고 그 사이로 아버지가 등을 구부리고 앉아 담배 피우는 모습이 보였다. 덕규의 셔츠는 오래되어 등판이 나달나달했다.

"이번 기회에 아주 끝장을 보려는 것 같아요."

덕규가 말했다.

"그분은 어떻게 되셨어요?"

새댁의 목소리를 듣고 원은 미소 지었다. 어머니다.

"모르지요. 우리에게 시간을 벌게 해주는 일이 그 친구로서 얼마나 힘들지. 어디에 있는지도 모르고, 벌써 잡혔는지도 모르고."

"당신은 어떻게 하실 거예요?"

방문에 가려 모습이 보이지 않는 새댁은 줄곧 근심스러운 어조로 묻고 있었다.

"일단 기다려보는 수밖에요."

덕규의 목소리는 평소와 달리 힘이 없었다.

"정말 그렇게 말도 안 되는 짓을 할까요? 난 믿을 수가 없어요, 여보."

"저들이 보기에 말도 안 되는 건 우리니까요."

한동안 침묵이 흘렀다. 덕규는 담배를 끄고 뒤를 돌아보았다. 원은 빨랫줄에 널린 빨래를 보고 있었다.

"낮에 많이 자면 기운 떨어진다."

안 그래도 원은 기운이 떨어져 대답할 기운도 없었다.

"오랜만에 아버지하고 귀 잡고 뽀뽀 한번 할래?"

덕규가 스스로를 아버지라고 칭하는 일은 드물었다. 덕규는 언제나 스스로를 '나'라고 칭했다. 아버지로부터 이런 다정한 구애를 받아본 지가 퍽 오래되었는데도 원은 고개를 저었다.

"내년에 학교 간다고 아버지하고 뽀뽀하는 게 창피하냐?"

"담배 냄새 때문에요."

"밤에 자기 전에 아버지가 이 닦고 나면 할래?"

"네."

원은 잠기운이 가시지 않은 비틀걸음으로 나와 새댁 흉내를 내어 빨랫줄에 걸린 작은 옷들을 조물조물 만져보고 잘 말랐는지 확인한 다음 걷어서 동그란 팔뚝에 얹었다. 원이 걷은 빨래는 동생 희의 옷 세 벌이었다. 빨간 원피스와 새댁이 만들어준 잠옷, 그리고 역시 새댁이 공들여 만든 흰 블라우스에 주름을 넣은 검정 치마 교복 한 벌이었다. 이제 날씨가 추워지면 어머니에게 털실로 동생의 스웨터와 바지, 목도리와 장갑을 떠달라고 해야겠다고 원은 생각했다. 목끈이 달린 빨간 벙어리장갑을 낀 동생의 모습을 상상하고 원은 좋아서 웃었다.

영이 학교에서 돌아오자 새댁은 저녁 먹기 전의 출출함을 달래기 위해 수돗가에서 사과를 씻어 왔다. 새댁은 사과 두 개를 깎아 쪽을 낸 후 사과 속을 하나씩 발라 먹도록 딸들에게 주었다. 영이 한입 베물더니 오만상을 쓰고 사과를 내려놓았다.

"왜?"

"입이 아파서 못 먹겠어요."

"잇몸이 부었니?"

"아뇨. 혀가 아파요."

"혓바늘이 돋았나? 좀 보자."

새댁은 큰딸의 혀를 보고 충격을 받았다.

"혀가 왜 이 지경이 됐니?"

누가 아프다는 소리를 들으면 즉시 치료법을 강구하지 않고는 못 견디는 덕규가 건넌방에서 뛰어나왔다. 새댁은 꼬치에 사과를 찍어 남편에게 건네며 말했다.

"혹시 아구창이 아닐까요?"

영의 혀와 구강 안을 검토한 덕규가 말했다.

"접촉성 염증이로군. 너, 혀로 앞니 비비는 짓을 하지 말라고 내가 몇 번이나 말했지? 혀에 침을 놓을 수도 없고."

영의 얼굴에 두려움이 스쳤다. 덕규는 사과를 씹으며 생각에 잠겼다.

잠시 후 그는 작은 공깃돌 하나를 주워 깨끗이 씻어 오라고 했다. 영은 예쁘고 까만 공깃돌을 윤이 나게 씻어 왔다. 덕규는 영에게 혀를 쑤욱 내밀어보라고 했다. 환부를 다시 보게 된 그의 눈에 측은함과 쾌씸함이 교차했다. 그는 영의 혀 위에 까만 공깃돌을 올려놓았다. 처음 보는 치료법에 원은 물론이고 새댁마저 흥미를 보였다. 영은 의사 앞에서 진찰을 받는 얼굴로 엄숙하게 혀를 빼물고 있었다.

"어떠냐? 계속 그러고 있어도 견딜 만하냐?"

덕규가 물었다. 영은 공깃돌을 혀로 말면서 불분명한 발음으로 침이 나온다고 말했다.

"혀를 내민 채로 침을 삼켜봐라. 돌은 떨어뜨리지 말고."

영은 혀끝을 조금 안으로 말아 들이고 꿀꺽 침을 삼켰다. 돌은 용케 떨어지지 않았다.

"그렇게 하고도 침을 삼킬 수 있겠냐?"

"예에에."

"이 돌을 떨어뜨리지 말고 그대로 있어라."

영은 공깃돌을 입에 말아 넣고 물었다.

"왜에요?"

"입 안에 넣지도 말고."

영은 다시 까만 공깃돌이 얹힌 혀를 작은 접시처럼 내밀었다.

"쪽마루에 앉아서 그렇게 하고 있어라. 남 보기에 정말 부끄럽다고 생각되면 다시는 그런 짓을 안 하겠지. 결심이 서면 나한테 와서 얘기해라."

덕규는 건넌방으로 들어가 문을 닫았다. 새댁도 말없이 부엌으로 들어갔다. 영은 망연자실한 표정이 되

었다. 원은 동생을 안고 언니 곁에 앉아 사과 속을 조금
씩 발라 먹었다. 혀를 내밀고 있는 탓에 영은 보이지 않
는 끈에 목을 매단 여자처럼 보였다. 낮잠에서 깬 은철
이 솟구친 머리칼로 목발도 없이 깽깽이걸음으로 뛰어
왔다.

"영이누나, 왜 혀를 그럭하고 있어?"

물론 영은 대답하지 못했다. 원이 언니 몫의 사과 속
을 은철에게 주며 언니 대신 말했다.

"벌을 받는 거야."

영은 혀를 내밀고 있는 것이 조금도 부끄럽지 않았
다. 다만 시간이 흐를수록 좀 고통스럽긴 했다. 오랜 노
출로 혀끝이 말라갔다. 영은 가끔 침을 삼키기 위해 혀
를 꿈틀거렸는데 그때마다 혀 위의 공깃돌은 붉은 파
도를 타는 검은 고무 튜브처럼 넘실거렸다. 영은 치료
가 되는 것도 아닌데 혀를 계속 내밀고 있어야 하는 것
에도 깊은 회의를 느꼈지만 그렇다고 앞으로 다시는
혀로 앞니 정형을 하지 않을 결심도 서지 않아 마음이
복잡했다.

원과 은철은 영의 곁에 나란히 앉아 혀를 쑥 내밀고

그 위에 다 발라 먹은 사과 속을 얹어놓아보았다. 잠시만 그렇게 하고 있어도 혀가 타는 듯하고 혀뿌리가 빠질 것 같았다. 다시는 그런 짓을 하지 않을 자신이 생길 때까지 영은 삼십 분 넘게 자청하여 공깃돌 벌을 받았다. 덕규마저도 놀랄 만큼 대단한 집념이었다.

덕규와 새댁은 말없이 각자의 근심에 잠겨 저녁을 먹고 있었다. 원은 아버지를 한번 보고 어머니를 한번 보았다. 이럴 때를 대비해 몰래 준비해둔 것이 있었다. 지금이 가장 좋은 때라는 생각이 들었다. 첫마디는 조심스러웠다. 너무 잘난 체하는 것처럼 보이면 일을 망칠 수 있었다.

"아버지, 어머니, 제가요."

된장찌개를 푸던 덕규가 원을 보았다. 새댁도 김칫국물이 묻은 젓가락을 들고 원을 보았다.

"영어를 할 줄 알아요."

"네가 영어를 할 줄 안다고?"

예상대로 덕규가 깜짝 놀라 물었다.

"많이는 아니고, 한 개 알아요."

부끄러워진 원이 조그맣게 말했다.

"한 개라도 아버지 앞에서 해볼래?"

새댁이 기뻐하며 말했다. 원은 어머니가 더 기뻐하게 되리라고 생각했다.

"어거!"

원은 천천히 발음했다.

"어거라고?"

덕규와 새댁은 서로 얼굴을 마주 보며 어거가 뭔지 당신은 알고 있는가 하는 눈으로 물었다. 그들은 평생 그런 영어는 들어본 적이 없었다.

"제가 어거예요."

원이 수줍게 말했다.

"어그리(agree)를 잘못 발음하는 건가?"

아버지의 무식함에 놀란 원이 정확히 발음했다.

"어! 거!"

"원이 어그리라는 건 말이 안 되잖아요?"

새댁도 남편을 힐난하듯 말했다.

"어더(other)도 아니겠고."

덕규는 딴소리만 했다.

"어! 거!"

원은 다시 한번 똑똑히 일러주었다.

"대체 어디서 그런 이상한 영어를 알았나?"

"언니 책에서요."

요즘의 최신식 영어교육을 잘 모르는 덕규와 새댁은 다소 수치심을 느끼며 영을 보았다.

"영이 넌 어거가 뭔지 아니?"

영은 밥을 입에 물고 힘차게 고개를 저었다.

"저도 몰라요."

"거짓말! 언니가 공부하는 거 다 봤는데."

영은 기억을 더듬는 체했다. 억지로 생각에 잠긴 시늉을 할 때면 영의 눈은 새의 눈처럼 또록또록하게 되었다. 영은 내면을 들키지 않고 상황을 모면하기 위해 눈동자를 구슬이나 바둑알처럼 불투명하게 만들 줄 아는 능력이 있었다. 영은 곧 포기했다. 어머니나 아버지도 모르는 걸 굳이 생각해낼 필요는 없을 것 같았다.

"기억이 안 나요."

"원이 뭘 잘못 봤나 보군."

덕규의 말이 끝나기도 전에 새댁이 반박했다.

"원이 잘못 알 리가 없어요. 예전에 귀밝이술도 알고 있었잖아요?"

"그것도 처음에는 귀발귀술이라고 썼잖소?"

새댁도 고집을 부렸다.

"그래도 귀밝이술이 정월대보름에 먹는 술이라는 것도 알고 있었잖아요? 그러니까 정확하진 않아도 어거랑 비슷한 발음의 영어가 있을 거예요."

"내가 아는 한 어거라는 영어는 없는데."

덕규가 고개를 갸웃거렸다. 새댁이 물었다.

"원아, 어거가 무슨 뜻인지 아니?"

"알아요."

"무슨 뜻이냐?"

덕규가 물었다. 세 사람은 원의 입에서 무슨 말이 떨어질지 아연 긴장했다.

"소녀요."

"뭐?"

세 사람의 입이 딱 벌어지는 걸 보고 원은 만족을 느꼈다.

"저는 어거입니다."

"소녀는 걸인데."

영이 자신 없이 중얼거렸다.

"아니야! 어거야! 내가 봤어!"

새댁이 천천히 고개를 흔들어 원의 말을 부정하고 영의 편을 들었다. 영이 자신감에 넘쳐 소리쳤다.

"이 멍청이! 소녀는 걸이야, 걸."

"영아! 동생이 영어를 잘못 알았다고 멍청이가 뭐니?"

새댁이 나무랐다.

"아니야! 아니야! 어거야!"

원은 걷잡을 수 없는 흥분에 빠져들었다. 아버지가 경멸하는 눈빛으로 자신을 보았고 어머니는 실망한 눈치를 감추려 애썼다. 원의 머릿속에서 뜨거운 죽 같은 것이 끓었다. 원은 쥐고 있던 숟가락을 던졌다. 다음엔 밥그릇을 던졌다. 사방에 밥알이 튀었다.

"아니야! 아니야! 어거야!"

이제 된장찌개 뚝배기를 뒤집을 차례였다. 뚝배기는 뜨거웠다. 원은 밥상을 통째로 엎으려고 했다. 밥상은 방바닥에 뿌리를 내린 듯 꿈쩍도 하지 않았다. 덕규가 눈을 크게 뜨고 밥상 양쪽을 꽉 누르고 있었다. 새댁이 다가와 바들바들 떠는 원의 작은 몸뚱이를 두 팔로 감싸 안았다.

그들은 밥 먹기를 중단했다. 영이 건넌방으로 들어가 평소에 공부하던 영어 자습서를 가져왔다.

"어디에 어거가 나왔냐?"

덕규가 원에게 책을 주며 물었다.

"여기요!"

원은 단번에 책을 펼쳐 손으로 가리켰다. 덕규와 새댁은 서로 먼저 어거를 찾으려고 얼굴을 들이밀었다. 잘 찾을 수 없었다. 그들은 원의 얼굴을 힐끗 보고 다시 책을 들여다보았다.

"여기 어디에 어거가 있다는 거야?"

"여보, 저게 혹시 어거 아닌가요?"

새댁이 손가락으로 어느 지점을 가리켰다.

"어디요?"

"걸 밑에, 소녀 다음에 괄호 열고요."

그들은 책을 한참 들여다본 후 고개를 들었다.

"이럴 수가!"

원은 당당하게 그들을 올려다보았다. 새댁은 찬찬히

책갈피를 눌러 폈다. 'I am a girl'이라는 문장이 있었다. 'a girl'에 밑줄이 그어져 있고, 그 옆에 '소녀(어 거-ㄹ)' 이라고 쓰여 있었는데, 유감스럽게도 산과 산 사이의 협 곡처럼 양쪽으로 펼쳐진 책장의 깊은 속갈피에 '-ㄹ)'이 숨어 있어 언뜻 보면 '소녀(어 거'까지만 읽혔다. 덕규는 책을 몇 장 넘겨 본 후 말했다.

"발음이 우리말로 쓰여 있는 책으로 영어 공부를 하 다니."

덕규는 영을 내려다보며 엄격하게 말했다.

"이런 엉터리 책으로 공부를 하니까 동생이 틀린 영 어를 하는 거야. 곧 중학교에 갈 텐데 발음기호를 아직 다 못 외웠니?"

금철이는 알파벳도 다 못 외웠다고 말하려다 영은 그저 조금 처량하고 억울한 미소만 지었다.

"나하고 밖에 좀 나가자."

덕규는 원의 손을 잡고 어딘가 멀리 떠날 사람처럼 말했다. 대문을 나선 덕규는 어디 멀리 떠나려면 괴나 리봇짐 같은 거라도 있어야겠다는 생각이 들었는지 원을 우물 앞에 세워두고 다시 집으로 들어갔다. 골목은 조용하고 어두웠고 은행나무에서 노란 은행잎이 한두 장 떨어졌다.

덕규는 작은 보퉁이를 들고 나왔다. 그는 딸을 우물 남쪽에 세우고 점퍼를 입혔다. 원은 우물을 등지고 아래쪽 저택의 유리 조각이 박힌 담벼락을 마주 보고 섰다. 덕규는 보퉁이에서 꺼낸 천의 끝자락을 딸에게 쥐고 있으라고 했다. 원은 아버지가 무슨 재미난 놀이를 하려는 것인가 생각했다. 덕규는 천으로 우물을 한 바퀴 감았다. 그는 딸이 쥐고 있던 천의 끝자락을 딸의 배에 판판히 대고 그 위로 천을 감아 덮었다. 덕규는 계속 우물을 돌았다. 우물을 한 바퀴씩 돌 때마다 덕규가 들고 있는 보퉁이가 작아졌다. 세 바퀴째를 돌고 난 덕규는 딸의 배에 감긴 천 속에 손을 넣어보았다.

"배가 아프거나 당기지는 않냐?"

"네."

덕규는 다시 우물을 돌았다. 이번엔 한 바퀴를 온전히 돌지 못하고 어딘가에서 멈추었다. 그는 단단하게 매듭을 지어 이사할 때 이불 꾸러미를 싸는 천으로 딸을 우물에 묶고 나서 뻣뻣한 말투로 말했다.

"내가 풀어줄 때까지 여기 있어라. 소리를 지르거나 울면 안 된다. 하루 종일 힘든 일을 하고 쉬는 이웃 사람들에게 방해가 되면 안 되니까."

일이 너무도 조용히 진행된 탓에 원은 이게 무엇을 의미하는지 알지 못했다.

"노래는요?"

"노래도 안 된다."

"조그맣게도요?"

"얼마만큼?"

원은 거의 들릴락 말락 한 소리로 〈안니 로리〉의 멜로디를 흥얼거렸다.

"그 정도는 괜찮겠지. 더 크게는 안 돼."

"네."

"누가 와서 널 풀어주려고 하면 지금 벌을 받는 중이니까 풀어주지 말라고 얘기해야 된다."

"아버지가 얘기하시지 않고요?"

"난 집에 들어갈 거다."

"저 혼자 여기 있어요?"

"넌 지금 벌을 받는 거다."

"영어를 잘 못해서요?"

"영어 때문이 아니야. 숟가락을 던지고 밥그릇을 엎은 것 때문이다. 밥상도 엎으려고 했지. 음식이 얼마나 소중한지 모르니?"

그게 왜 영어 때문이 아닌지 원은 의아했다. 덕규는 셔츠 주머니에서 담배를 꺼내 피웠다. 구수하고 씁쓸한 냄새가 풍겨왔다. 아버지의 입에서는 담배 냄새가 나고 나는 이렇게 묶여 있으니 오늘 밤 귀 잡고 뽀뽀하기는 다 틀렸다고 원은 생각했다. 원은 마지막으로 부탁했다.

"제 동생 좀 데려다주세요."

그래 좋아, 네 옆에 나란히 묶어주마, 하고 아버지가 말해주길 원은 기다렸다. 그러나 원칙주의자인 덕규는 담배를 끄고 잠시 생각한 뒤 우울하게 말했다.

"네 동생은 벌받을 짓을 하지 않았다."

원은 우물에 묶인 채 덕규가 대문을 열고 집으로 들어가는 소리를 들었다. 한동안 조용했다. 몇몇 사람이 발자국 소리를 내고 기침을 하며 지나갔다. 휘파람을 불며 지나가는 사람도 있었다. 그러나 원이 자기를 풀어주지 말라고, 계속 묶여서 벌을 받게 해달라고 얘기할 사람은 나타나지 않았다. 아무도 우물 뒤편에 낮게 솟은 원의 머리를 알아채지 못했다. 원은 조그맣게 노래를 불렀다.

옛날 거닐던 강가에 이슬 젖은 풀잎
사랑하네 아니 오리 언제나 오려나

더는 부를 수 없었다. 양손을 깍지 끼고 리듬에 맞춰 몸을 천천히 흔들며 부를 수 없는 노래는 노래가 아니었다. '아니 오리'를 부르는 대목에서는 동생 안 희가 생각났다. 사랑하네 안희 오리 언제나 오려나…… 안희야, 안희야, 아니야, 아니야, 어거야…… 원은 훌쩍훌쩍 울다 깜빡 잠이 들었다.

깼을 때는 주위가 고요했다. 등이 차갑고 다리가 뻣뻣했다. 밤이 깊어 까만 연기 속에 갇힌 것 같았다. 원은 우물에 묶여 있다는 걸 잊고 몸을 움직이려고 했다. 움직여지지 않았다. 조금 지나서야 이곳이 우물이고

236

자신이 묶여 벌을 받는 중이라는 걸 깨달았다.

처음에는 아무 소리도 들리지 않았다. 잠시 후 고요
한 가운데 작고 희미한 목소리가 들려왔다. 이 우물에
아흔세 명의 처녀가 빠져 죽었다…… 아흔세 명의 처
녀가 빠져 죽었다…… 원이 지어내 은철에게 들려주었
던 귀신 이야기가 낯선 목소리로 바뀌어 이명으로 울
렸다. 아흔세 명 중에 네 몫은…… 일곱 명이지…… 일
곱 명의 처녀귀신이지…….

원은 눈을 감았다. 물에 빠져 죽은 아흔세 명의 처녀
귀신이 쥐 떼처럼 우물 밑바닥에서 버글거리는 게 보
였다. 일곱 명의 처녀귀신이 뱀처럼 긴 머리를 꿈틀거
리며 컴컴한 우물 벽을 타고 올라왔다. 처녀귀신 일곱
이 등 뒤의 우물 덮개에 촘촘히 늘어서서 꼼짝도 못 하
고 묶여 있는 원을 노리고 있었다.

"아!"

원은 짧게 소리치고 눈을 떴다. 눈앞의 검은 담벼락
이 바짝 다가섰다. 등허리가 축축했다.

"어머니! 저 무서워요! 풀어주세요! 어머니! 아버지!"

원은 귀를 기울였다. 아무 소리도 들리지 않았다. 뒷

목이 섬뜩했다. 뭔가 목덜미를 쓸고 지나갔다. 젖은 머리카락처럼 차갑고 질기고 가느다란 것이었다. 귀신들이 원의 몸을 만지고 있었다. 원을 컴컴한 우물 속으로 데려가려고 잡아끌었다. 원은 있는 힘껏 소리를 질렀다.

"아아아!"

원은 자기 소리에 놀라 비명을 질렀다.

"아아아! 아아아!"

신발을 끄는 소리가 희미하게 들렸다. 어머니가 나오신다…… 어머니가 나오셔서…… 나오셔서…… 대문이 열리는 소리가 났다. 어머니가 나오셔서 나를 안고 들어가신다.

"어머! 얘가 누구야?"

어머니가 아니었다.

"저 원이에요, 아줌마."

"왜 여기 이러고 있어?"

"저는 지금…… 벌을 받는 중인데요…… 너무 무서워요…… 어머니 좀…… 불러주세요. 어머니 좀…….."

"알았다, 알았어."

순분이 허둥지둥 신발을 끌고 들어가는 소리가 들렸다.

"새댁! 새댁! 원이 좀 어떻게 해봐. 애 잡겠어."

원은 어머니 앞에서만은 단정한 모습을 보이고 싶었다. 그러나 턱이 들들 까불려서 입을 다물 수 없었다. 입에서 침이 흘러내렸다.

아무도 나오지 않았다. 아무 소리도 들리지 않았다. 아무 일도 없던 것처럼 조용해졌다. 원은 온몸으로 느꼈다. 어머니는 나오시지 않는다…… 어머니는 나오시지 않는다…… 니 에미 애비가 너를 안 원했던 모양이구나…… 너를 안 원했어…… 어머니는 나오시지 않는다…… 첨에 딸을 낳고 또 딸을 낳았으니 안 그렇겠어…….

원은 이를 딱딱 부딪쳤다. 아버지가 어머니를 못 나가게 붙잡고 있는 거다…… 어머니는 그…… 그…… 그놈 편이다…… 원은 손톱을 바짝 세워 우물 벽을 갉았다. 안덕규 도둑깽이…… 안덕규 도둑깽이…… 그놈에게 독약을 먹일 테다…… 독약을…… 독약을…… 주문이 입 밖으로 새어 나가지 않도록 원은 입술을 깨물었다. 어머니가 들려준 이야기 속의 효자 효녀가 몰려와 웅성거렸다. 얘는 불효녀로구나…… 얘는 아버지를

죽이려고 하는구나…… 삽시간에 우물을 터뜨리고 쏟아져 나온 귀신들이 소리쳤다. 넌 불효녀야! 불효녀는 사지를 찢어야 해! 불효녀는 우물에 빠뜨려 죽여야 해!

"아아아아아아악!"

원은 우물 깊은 곳으로 빨려 들어갔다. 머리와 팔과 다리가 따로따로 캄캄한 어둠 속에 흩어졌다.

안채 안방에서 졸고 있던 은철이 눈을 반짝 뜨고 일어났다.

"엄마! 이게 무슨 소리야?"

"그러게, 이게 다 무슨 일인지."

순분은 구시렁거리며 방에서 나와 바깥채를 향해 소리를 질렀다.

"난 그냥 못 있겠네. 내가 데리고 들어온다, 새댁."

순분은 대문을 열고 나가 우물가를 뱅뱅 돌면서 원을 묶었던 천을 풀었다. 원을 들어 안는데 원의 팔다리가 푸들거렸다.

"얘가 왜 이래? 추워 이러나, 경기가 났나?"

순분은 원을 안고 마당을 건너 안채로 들어왔다. 은

철이 안방 문을 열고 깡충 걸음으로 뛰어나왔다.

"은철아, 마루에 불 좀 켜라."

은철이 불을 켰다. 원을 쪽마루에 내려놓던 순분이 으어 하고 비명을 질렀다.

"엄마, 원이 왜 이래? 원이 왜 이래?"

은철이 새된 소리를 질렀다. 텔레비전을 보던 만춘이 내다보았다.

"웬 소란이야? 야심한데."

"아이고 여보, 얼른 방 좀 치웁시다. 새댁네 애기 떠는 것 좀 봐요."

순분은 원을 감싸 안고 안방에 데려다 눕혔다.

"일 났네, 일 났어. 모진 인사들…… 애 입술이 다 터지도록…… 내 살다 살다…… 세상에, 세상에, 이거 좀 보게! 금철아! 약통 좀 가져와라. 원이 손톱 다 깨졌다. 이 꽃잎같이 이쁜 손톱이…… 차라리 몇 대 때리고 말지…… 모진 인사들…… 모진 인사들……."

순분이 눈물이 글썽한 눈으로 만춘을 올려다보고 말했다.

"정신 사나운데 테레비 좀 꺼요!"

만춘이 텔레비전을 껐다. 거친 숨을 쌕쌕 몰아쉬며 원의 파리한 얼굴을 들여다보고 있던 은철이 갑자기 화닥닥 일어나 깽깽이걸음으로 뛰어나갔다.

"새댁아줌마! 원이 죽어요! 원이 죽어요! 원이 죽는단 말이에요!"

시월의 마지막 일요일 아침이었다. 순분은 새댁이 쟁반에 받쳐 온 김밥 접시를 받아 들고 안방으로 들어왔다. 화려한 문양의 태극말이 김밥은 한 줄밖에 되지 않았다.

"밑간도 딱 맞고 맛나네."

순분은 김밥 하나를 집어 맛을 보고 김밥 접시를 남편과 아들들에게 넘겼다. 예전처럼 식구가 몇인데 누구 코에 붙이라고 이 알량한 걸 가져왔냐는 둥, 필체가 활달하면 뭐 할 것이냐고 손이 이렇게 잘아서 잘살기는 틀렸다는 둥 하는 험담은 일절 하지 않았다. 은철은 자기가 김밥을 많이 집어 먹어도 나무라거나 눈을 부라릴 사람이 없다는 걸 알았지만 두 개만 먹고 말았다. 새댁네 부엌에 가면 얼마든지 더 얻어먹을 자신이 있었고 우선은 다른 볼일이 급했다.

은철은 목발을 짚고 절름발이 토끼처럼 빠른 걸음으로 깡충거리며 마당을 지나고 수돗가를 지나고 장독대를 지나 변소로 향했다. 원이 수돗가에 웅크리고 앉아 있는 걸 보았지만 일단 뒤가 급했다. 은철은 혼자 똥을 누러 가는 자신의 자랑스러운 모습을 원이 보아주었으면 싶었지만 원은 고개를 숙이고 뭔가 골똘히 들여다보고 있었다.

은철이 깁스한 왼쪽 다리를 구부리지 않고 변소에 앉을 수 있게 된 것은 힘들고 고통스러운 훈련의 결과였다. 내년에 학교에 가려면 변소에서 큰일을 볼 줄 알아야 한다는 새댁의 조언에 따라 순분은 처음에는 방에 신문지를 오려놓고, 그다음에는 마당에 금을 그어놓고 은철에게 가상 용변 훈련을 반복적으로 실시했다. 왼 다리를 펴고 변소에 앉아 균형을 잡기 위해 은철은 영에게서 가랑이를 있는 대로 벌리는 일자 펴기 훈련까지 받았다. 깁스한 다리를 뻗치고 요강에 앉아서 용을 쓰며 울 때만 해도 순분은 작은아들이 평생 다시 변소에 가서 똥을 누는 일은 없으리라 생각했는데, 놀

랍게도 훈련은 기적을 가져왔다. 임보살의 굿 따위가
가져오지 못한 작은 기적을.

　수돗가에서 원은 달팽이를 발견했다. 달팽이는 느리
게 배를 밀며 기어가다 문득 경계심을 느끼고 멈추었
다. 원이 거즈로 감싼 검지를 내밀어 축축하고 매끄러
운 몸뚱이를 살짝 만지자 달팽이는 혼비백산하여 껍데
기 속으로 숨었다. 누군가 빨아 먹고 무심히 던져놓은
작은 고둥처럼 보이길 원하는 듯 달팽이는 초록색 물
이끼가 낀 수돗가 돌담에 죽은 듯이 붙어 있었다.
　원은 집 속에 숨은 달팽이가 나오기를 인내심 있게
기다렸다. 오랫동안 죽은 체하고 있던 달팽이는 마침
내 살그머니 몸을 끄집어냈다. 달팽이는 공격이 시작
되면 언제라도 몸을 숨길 채비를 갖추고 천천히 움직
였다. 조금 기어가다 멈추고 조금 기어가다 또 멈추었
다. 원은 달팽이의 안테나처럼 뻗은 V 자형 더듬이와
반투명한 몸뚱이를 신기한 듯 들여다보았다. 한 번 더
만져보고 싶었지만 그랬다가는 이번에야말로 달팽이
가 껍데기 속에 들어가 다시는 나오지 않을 것 같았다.

덕규는 작은딸 뒤에 서서 동생을 안고 있는 딸의 왼손과 달팽이를 향해 내밀고 있는 오른손을 번갈아 보았다. 부서지고 들뜬 손톱에 빨간약을 바르고 거즈로 감싼 손가락이 왼손에 셋, 오른손에 넷이었다. 그는 뒷짐을 진 채 몸을 가능한 한 조그맣게 만들려고 노력하면서 딸 곁에 쪼그리고 앉았다.

"너도 달팽이처럼 꾸물거리다간 산에 못 간다."

"어머니가 벌써 김밥 다 싸셨어요?"

"벌써 다 썰기도 했는데?"

원이 벌떡 일어났다. 덕규는 딸의 어깨를 부드럽게 잡고 뒤로 감췄던 손에서 샛노란 계란이 늘어진 김밥의 꼬투리를 내밀었다. 원이 가장 좋아하는 것이었다. 아아, 하고 원이 아직 피딱지가 떨어지지 않은 입술을 조심스럽게 벌렸다. 덕규가 김밥 꼬투리를 딸의 입에 넣어주었다.

"맛있냐?"

"네."

"산에 가서 먹으면 더 맛있다."

원도 산에서 먹는 김밥의 맛을 잘 알고 있었다. 그뿐

아니라 신발 밑창에 닿는 돌의 딱딱한 감촉과 가파른 경사면을 오를 때 종아리에 알이 배는 뻐근한 쾌감, 잠깐의 휴식 동안 흥건히 고였던 땀이 산바람에 식으면서 돋는 작은 소름의 맛까지 죄다 알고 있었다.

"도시락 싸기 전에 빨리 가서 더 먹어라. 배고파서 못 올라가면 두고 간다."

원이 동생을 안고 부엌 뒷문을 향해 뛰어갔다. 손을 털고 수돗가에서 몸을 일으키던 덕규는 누군가 우물집 대문을 밀고 들어오는 기척을 느꼈다. 그는 고개를 돌렸다. 대문을 들어서는 두 남자의 실루엣에서 그는 어둡고 끔찍한 어떤 감정들이 맹렬히 휘몰아쳐 오는 걸 느꼈다.

한 남자는 검은 양복을 입었고 다른 남자는 쑥빛이 섞인 회색 양복을 입었다. 검은 양복은 이십대 후반으로 건장하고 혈색이 좋았다. 다만 어려서부터 호기심을 숨기는 훈련을 충분히 받지 못한 탓에 나이가 들어서도 눈동자를 채신없이 굴리는 버릇을 갖고 있었다. 회색 양복은 덕규와 비슷한 삼십대 중후반으로, 상갓집에서 밤샘을 한 사람처럼 흐트러진 머리칼에 죽도록 피곤한 표정이었다. 언뜻 술에 취한 것처럼 보이기도 했지만 그럴 리는 없었다. 그들은 덕규를 향해 다가왔다. 그는 그들의 용무를 알아차렸다.

"오늘은 일요일입니다."

덕규가 말했다.

"일요일 아침이지요."

회색 양복이 신세 한탄을 하듯 서글프게 맞장구를 쳤다.

덕규는 수돗가 쪽으로 비스듬히 눈을 내리깔았다. 있던 자리에 달팽이가 보이지 않았다. 덕규가 고개를 옆으로 돌리자 검은 양복이 위협하듯 코앞에 바짝 다가와 버티고 섰다. 달팽이는 어느 틈에 수돗가를 지나 장독대를 열심히 기어오르는 중이었다. 막 아침을 먹으려는 식구들처럼 옹기종기 모여 앉은 크고 작은 장독들 사이에 달팽이도 둥근 황톳빛 껍데기를 덮어쓰고 한몫 끼려는 것 같았다.

"지금 가야 합니까?"

"지금 가야지요."

회색 양복이 마당을 휘 둘러보며 대답했다.

"얘기는 가면서 합시다. 여긴 아무래도 댁이니까."

덕규는 예의가 깍듯한 회색 양복의 음성에서 냉기를 느꼈다. 달팽이의 배를 뾰족한 압정으로 찌르면 이런 고통이 느껴지지 않을까 싶은 찌르르한 전기 충격이 옆구리를 스쳤다. 그는 자신이 두려워할까 봐 두려웠다.

그는 작은딸이 조금 전에 그랬듯이 마지막으로 달팽이의 연하고 촉촉한 살을 한번 만져보고 싶었다. 그러면 놀란 달팽이는 제 껍데기 속으로 쏙 숨어버릴 것이다. 갑자기 '소라 껍데기 속의 안일을 청산하고'라는 오래된 선언문의 한 대목이 떠올랐다. 덕규는 지금 자신에게도 저들로부터 몸을 숨길 단단한 껍데기가 있었으면 좋겠다고 생각했다. 그는 한 손으로 옆구리를 지그시 누르며 말했다.

"아내에게 인사하고 오겠소."

검은 양복이 묻는 눈으로 회색 양복을 돌아보았다.

"내가 시간이 없어 은신하지 않은 줄 아시오?"

덕규는 자신의 목소리가 떨리는 것을 느꼈다. 회색 양복이 뭐 그럴 줄 알았다는 듯 고개를 끄덕였다.

"정확히 3분 드리지요. 더는 안 됩니다."

새댁은 김밥의 온기를 빼기 위해 이단 찬합의 뚜껑을 닫지 않았다. 노란 스테인리스 찬합 두 통에 담긴 김밥을 보자 덕규는 목이 메었다. 아내는 오늘따라 등산 도시락에 왜 이렇게 멋을 부렸을까.

도시락은 한가운데에 검정깨와 노란 깨를 묻힌 밤톨만 한 주먹밥이 있고 그 주위로 태극 문양의 김밥이 방사선 모양으로 퍼져 나갔다. 김밥 속도 노란 지단과 흰 지단으로 나누었고 시금치와 단무지와 당근에 갈색 꽃술처럼 윤이 나는 버섯채도 볶아 넣었다. 찬합 옆에는 뜨거운 보리차가 든 빨간 뚜껑의 보온병 두 개가 울긋불긋한 김밥 정원을 호위하며 기둥처럼 서 있었다.

새댁은 모자를 놓고 큰딸과 실랑이를 벌이고 있었다.

"이 모자는 끈이 없잖니? 바람에 날아가서 계곡에 떨어지기라도 하면 이 예쁜 모자는 영영 잃어버리고 마는 거야."

새댁은 영영이란 말에 힘을 주었다. 그러나 영은 레이스가 달린 흰 모자를 쓰지 못한다면 아무 모자도 쓰

죄와 벌 249

지 않는 편이 낫다고 주장했다. 그 곁에서 원은 노래를 흥얼거리며 동생의 옷에 끈을 묶어 자기 목에 걸어 리본형 매듭으로 걸고 있었다. 동생을 등산에 데려갈 작정인 것이다.

벽시계의 시침과 분침이 9를 조금 지난 자리에 겹쳐져 있었다. 덕규는 좀 더 아내와 큰딸의 실랑이를 지켜보고 싶었고 좀 더 작은딸의 노래를 들어보고 싶었다. 큰딸은 모자를 쓰지 않으면 얼굴이 시커멓게 타고 말리라는 새댁의 위협에 굴복해 아무 장식이 없는 검은 챙모자를 못마땅한 듯 눌러쓰고 목에 끈을 묶었다.

원이 부엌문 앞에 서 있는 그를 발견했다. 원은 거절당할까 두려운 얼굴로 애걸하듯이 동생을 살짝 들어보였다. 그가 고개를 끄덕이자 원의 얼굴은 환한 희열로 불타올랐다. 우물에 묶인 딸이 동생을 데려다달라고 했을 때 자신이 지금처럼 고개를 끄덕였다면 그때에도 딸의 얼굴에 저런 황홀한 표정이 떠올랐을 거라는 생각이 들자 그는 끝 간 데 없이 화가 치밀었다.

그는 원에게 정확히 한 시간 동안 벌을 줄 생각이었다. 딸의 비명이 처음으로 들려온 건 53분이 되었을 때였다. 그는 7분을 더 기다려야 한다고 생각했다. 안절부절못하는 아내를 나가보지 못하도록 막은, 그래서 결국 딸의 입술이 터지고 손톱이 깨지고 경기가 나도록 방치한, 그 얼어 죽을 7분은 왜 7분이어야 했는가? 그리고 저들은 왜 정확히 3분이라고 말하는가? 오늘 아무도 등산을 갈 수 없게 되었다는 걸 어떻게 말해야 하나?

덕규는 갑자기 비탄과 의혹에 휩싸였다. 자기가 벌써부터 겁을 집어먹고 나약해진 건 아닐까 걱정이 되었다. 그는 남은 힘을 짜내어 세 모녀의 모습을 머릿속에 새기려고 노력했다. 벽시계의 두 침이 벌어지기 시작했을 때 그는 조용히 아내를 불렀다.

"여보."

새댁은 어디 하나 내 손이 가지 않으면 제대로 되는 게 없다는 얼굴로 발랄하게 돌아보았다.

"왜요?"

"오늘 등산은 못 가게 됐어요."

그는 아내와 두 딸의 눈이 커다래지는 것을 고통스럽게 바라보았다.

"아이들은 못 나오게 하고 당신만 잠깐 나와봐요."

새댁이 부엌으로 내려와 방으로 통하는 미닫이문을 닫았다.

"그자들이 왔어요. 조사만 받고 바로 나올 수도 있고 아니면……."

덕규는 말을 흐렸다. 새댁의 얼굴이 그다음 말을 하도록 해주지 않았다. 그는 기다렸다. 새댁이 말없이 그의 얼굴을 올려다보았다. 그는 아내의 손을 잡았다. 처음 그녀의 손을 잡던 십삼 년 전의 그날처럼 손에 땀이 배었다.

"다녀오리다."

"다녀…… 오셔야 해요."

새댁이 잡힌 손에 힘을 주었다.

덕규가 부엌 뒷문으로 나오자 검은 양복이 그의 손에 수갑을 채웠다. 그들은 대문을 지나 질척한 골목길로 나섰다. 세 쌍의 어깨가 횡대로 걷기에는 골목이 좁았으므로 회색 양복이 앞장을 섰다.

"여보!"

덕규가 돌아보았을 때 새댁은 대문 앞 우물가에 서 있었다. 선이 고운 아내의 얼굴 윤곽이 팽팽한 활시위

처럼 긴장해 있었다. 그는 웃으려고 했다. 그러나 아내
의 눈에 과연 웃는 얼굴로 보일지는 자신할 수 없었다.
팔짱을 낀 검은 양복이 걸음을 재촉했다. 바로 눈앞에
서는 회색 양복이 진창을 딛지 않으려고 보폭을 정교
히 조절하며 어깨의 흔들림도 없이 걷고 있었다. 아무
데로도 탈출할 수 없게 된 순간에야 비로소 그는 미리
어디론가 몸을 숨기는 게 좋지 않았을까 생각했다.

    은철은 목발을 지지대 삼아 쥐고 왼 다리는 곧게 펴
고 오른 다리는 접고 변소에 앉아 똥을 누었다. 변소 바
깥에서 안바바의 목소리가 들려왔다. 낯선 남자들의
목소리도 들려왔다. 오늘 원이네는 김밥을 싸가지고
등산을 간다고 했다. 다리를 다치지 않았다면 나도 데
려갔을까. 그런 생각을 해도 이제 그다지 우울하지 않
았다.
    은철이 변소에서 나왔을 때 안바바는 대문을 나서고
있었다. 구김 하나 없는 양복을 입은 두 신사와 함께였
다. 도둑깽이들치고는 드물게 말쑥한 차림이었다. 수돗
가에서 손을 씻는데 새댁이 부엌문을 열고 뛰어나왔다.

"새댁아줌마, 김밥 남았어요?"

새댁은 못 들은 척 월남치마를 펄럭이며 대문을 박
차고 뛰어나갔다. 새댁은 우물가에서 여보, 하고 외쳤
다. 안바바의 대답은 들려오지 않았다. 새댁은 화난 얼
굴로 서 있었다. 골목이 휘어 안바바의 모습이 보이지
않을 텐데도 새댁은 계속 우물가에 서 있었다.

난쟁이식모가 하꼬방 문턱에 걸터앉아 자기 키만 한
기타를 눕혀놓고 가야금 타듯 뚱땅거리기 시작했다. 난
쟁이식모는 돌아오지 않는 하꼬방 청년의 낡은 기타를
가졌고 아무도 세 들지 않는 습기 찬 하꼬방은 난쟁이
식모의 기타 연습실이 되었다. 조화롭지 않은 음들의
느린 조합이 왠지 초조하고 불안한 가락을 만들어냈다.
새댁은 고개를 늘어뜨리고 한 손은 우물을 짚고 다른
한 손은 주먹을 쥐어 가슴에 댄 채 난쟁이식모의 기타
연주에 귀를 기울이듯 서 있었다. 바람이 살랑 불자 마
른 은행잎들이 허공에 노란 자국을 남기며 떨어졌다.

골목이 끝나는 운문원 앞에 검은 세단이 세워져 있
었다. 반들반들 윤이 나게 닦인 뒤트렁크에는 소년들

254

의 것으로 보이는 선명한 손자국들이 어지럽게 찍혀
있고 세단의 늘씬한 옆선을 따라 진흙이 잔뜩 묻은 쇠
꼬챙이로 긁은 자국이 길게 이어져 있었다. 회색 양복
이 긁힌 자국을 손가락으로 살짝 문질러 코에 대고 냄
새를 맡더니 불쾌한 표정을 지었다.

덕규는 잠깐 고개를 돌려 삼악산 꼭대기에 드리운
가을 하늘을 보았다. 저 푸른 비단 같은 하늘을 다시 볼
수 있을까. 검은 양복이 그를 가운데 자리로 밀어 넣었
다. 반대편 문으로 회색 양복이 탔다. 차 문이 닫혔다.

"정신을 어디다 팔고 있어?"

치켜세운 집게손가락을 격자무늬 손수건에 문질러
닦으며 회색 양복이 말했다.

"누가 더러운 걸로 차를 긁어놓았잖아!"

앞자리 사내 둘은 놀란 얼굴로 마주 보았다. 아무리
생각해도 언제 그런 일을 당했는지 모르겠다는 얼굴이
었다. 운전대를 잡은 사내가 분한 듯 고개를 흔들며 차
를 출발시켰다. 돌발적으로 뛰어드는 개와 어린애들
을 향해 신경질적인 경적을 울리며 검은 세단은 빠르
게 고갯길을 굴러 내려갔다. 차에 묻은 건 진흙이 아니

라 똥일 거라고 덕규는 생각했다. 삼벌레고개 중턱에
는 흙보다 똥이 더 많았다. 그는 기관원이 타고 있는 정
보부 차에 그런 짓을 할 수 있는 삼벌레고개 중턱 소년
들의 담대와 용의주도에 작은 기쁨을 느꼈다.

겨울 아침이 느릿느릿 밝아오고 있었다. 쪽마루로
향한 격자틀 유리문이 잿빛으로 번해지는 새벽이면 새
댁은 오랜 시간 이불 보퉁이처럼 웅크린 채 기도를 했
다. 워낙 낮고 빠르게 중얼거려서 원은 마지막 말밖에
알아들을 수 없었다.

"부디 면하게 해주시옵소서……."

멀리서 개가 짖고 단조로운 종소리를 울리며 두부
장수가 지나갔다. 차디찬 새벽 기운이 걷히고 골목 안
까지 햇살이 스며드는 아침까지 두부 장수는 적당한
간격을 두고 두세 번쯤 더 지나갔다. 새댁이 마지막 두
부 장수를 놓치지 않으면 아침 밥상엔 미지근한 순두
부가 올랐다. 새댁은 순두부를 냄비에 넣어 끓이거나
양념장을 뿌리지 않고 양재기에 받아 온 그대로 상에
올렸다.

"오늘도 어디 가세요, 어머니?"

원이 물었다.

"오늘?"

새댁은 달력을 보았다.

"오늘이 기도회가 있는 날 아니니?"

목요기도회는 저녁에 있는데도 새댁은 아침을 먹자
마자 외출했다. 점심때면 원은 남은 순두부를 들고 안
채에 가서 점심을 먹었다. 부뚜막 위에는 새댁이 계란
볶음밥을 하던 오목한 프라이팬이 대답을 얻지 못한
검은 물음표처럼 쓰러져 있었다.

영은 학교 끝나고 돌아오면 새댁 대신 밥도 짓고 빨
래도 하고 장도 보고 순분이 김치 담그는 걸 돕기도 했
다. 순분은 영을 자주 칭찬했다.

"새댁을 닮아서 영이도 살림 솜씨가 가신 듯이 부신
듯이 말갛구나."

영은 순분에게서 양은 대야에 비누질한 속옷을 넣고
자작자작 물을 부어 연탄불에 삶는 법도 배웠다. 빨래
가 다 삶아지면 고무장갑을 끼고 접은 신문지로 대야
양 끝을 쥐고 수돗가로 와 시멘트 바닥에 뜨거운 빨래

를 쏟았다. 영은 빨래를 재빨리 돌 위에 얹어 야무지게
빨랫방망이로 두드렸다.

"안 뜨거워?"

원이 물었다.

"뜨겁지 왜 안 뜨겁겠니? 넌 저리 가 있어. 뜨거운 물
튀니까."

영은 방망이질한 빨래를 차디찬 물에 헹구며 말했다.

"아버지는 감옥에 갇히신 거래!"

원은 언니 앞으로 바짝 다가앉았다. 믿을 수 없었다.
아버지가 몇 주일째 집에 들어오지 않고 어머니가
무엇에 씐 사람처럼 난생처음 보는 사람들과 어울려
밖으로만 나돌 때 영은 지금과 전혀 다른 말을 했었다.
아버지가 '딴 년'하고 도망을 가서 어머니가 '그년'을
잡으러 다니는 거라고 했다. 누가 그랬냐고 물었더니
난쟁이식모가 그랬다고 했다. 우리 빼고 동네 사람들
이 다 알고 있다고도 했다. 원은 난쟁이식모가 그랬다
면 그럴 거라고 생각했다. 원은 언니에게 들은 말을 동
생에게 해주면서 뒤늦게야 그 말 속에 담긴 무시무시
한 내용을 깨닫고 울음을 터뜨렸다. 그런데 이제 감옥

이라니.

"왜 감옥에 갇히신 거래?"

"나라에 큰 죄를 지어서 벌을 받으셔야 한대."

원은 '벌'이라는 말에서 아버지가 밤마다 감옥 안의 우물에 묶여서 울고 있는 환상을 보았다.

"도둑질을 하셔서?"

"도둑질? 넌 지금 무슨 소릴 하고 있니? 나라에 큰 죄를 지으셨다는데."

영은 머리를 감을 때처럼 빨래를 몇 번이나 뽀득뽀득 헹궈 비틀어 짰다.

원은 아버지가 딴 여자와 도망친 경우와 감옥에 갇힌 경우 중 어느 편이 더 나은지 알 수 없었다. 언니의 교과서에서 산사태와 눈사태에 대한 내용을 읽고 무거운 흙 속에 깜깜하게 갇히는 산사태와 차디찬 눈 속에 꽁꽁 얼어 갇히는 눈사태를 상상해보고 어느 것이 더 무서울지 알 수 없었던 때와 비슷했다. '사태'라는 말처럼 무서운 말은 없는 것 같았다.

원은 지금의 사태가 무엇인지 몰라 답답하고 무서웠다. 혹시 자기가 우물에 묶여 벌을 받을 때 '안덕규 도둑깽이'라는 주문을 외면서 손톱으로 우물 벽을 박박 갈아대서 아버지가 그 저주를 고스란히 받게 된 건 아닐까 하는 소름 끼치는 생각이 들었다.

　새댁은 밤늦게 녹초가 되어 돌아왔다. 새댁은 머리 손질이나 화장도 안 하고 통이 넓은 바지에 납작한 신발만 신고 다녔다. 때로는 바지에 흙탕물을 묻히고 돌아왔고 발을 씻지 않으면 주인집 아저씨처럼 발 냄새를 풍겼다.

　새댁은 수돗가에서 찬물에 발을 씻으며 원에게 매실주 한 주전자를 떠놓으라고 시켰다. 장독대에 올라가 비닐로 겹겹이 밀봉한 장독 주둥이를 풀면 시고 독한 냄새가 났다. 원은 국자로 매실주를 떠 주전자에 담으며 몇 방울 맛보았다. 진저리가 나게 썼다.

　새댁은 영이 차려 온 밥은 먹지 않고 양은 주발에 쓰디쓴 매실주만 따라 마셨다. 술을 먹고 기분이 좋아진 새댁은 예전에 남편과 지인들이 부르던 노래를 부르기 시작했다.

옛날 거닐던 강가에 이슬 젖은 풀잎······

다음 소절은 입에서 맴돌기만 할 뿐 노랫말이 되어 나오지 못했다.

옛날 거닐던 강가에 이슬 젖은 풀잎······

원이 답답하여 자리에서 일어나 동생을 깍지 끼어 잡고 몸을 천천히 흔들며 다음 소절을 이어 불렀다.

사랑하네 아니 오리 언제나 오려나
아득히 지난날 가슴에 스민 꽃
그리워라 아니 오리 꿈속에 보이네

새댁이 물었다.
"원아, 아니 오리라고 했니?"
"네, 어머니."
"아니 오리?"
"네."

"아니 오리, 아니 오리. 그래, 그렇게도 들리는구나."

새댁은 화가 난 듯 술을 벌컥 마시고 잔을 내려놓았다. 영이 불쑥 말을 꺼냈다.

"월경을 시작했어요."

"뭘 시작해?"

"월경이요."

다른 생각에 빠져 있던 새댁은 잠시 그 말뜻을 생각하는 듯하더니 그게 무슨 뜻인지 깨닫는 순간 영의 앞으로 다가앉아 두 손으로 영의 얼굴을 감쌌다.

"언제? 어디서?"

"오늘 저녁때 집에서요."

"그래서 어떡했니?"

새댁은 영의 아랫도리로 시선을 돌리며 물었다. 영은 호기심에 불타는 원을 힐끔 보고 조그맣게 말했다.

"주인집 아주머니께 말씀드렸더니 기저귀하고 옷핀을 주셨어요. 기저귀 차는 법도 알려주셨고요."

영의 말을 듣는 새댁의 눈에 서서히 눈물이 차올랐다. 원은 어머니와 언니는 아는데 자기만 모르는 뭔가가 있는 게 원통해서 새댁의 팔을 잡고 흔들었다.

"어머니, 어머니. 어머니는요, 아버지가, 딴 년하고 도망치신 것하고, 감옥에 갇히신 것하고, 어느 게 더 좋으세요?"

새댁은 이건 또 무슨 소린가 하여 원을 보았다. 새댁은 멍한 얼굴로 남편이 딴 여자와 도망친 경우를 생각해보았다. 그게 차라리 지금보다 견디기 쉬웠을까. 새댁은 자신의 어처구니없는 망상을 깨닫고 깊은 한숨을 쉬었다. 아무래도 제정신이 아닌 것 같아 새댁은 고개를 설설 흔들어 정신을 차리고 딸들에게 나직하게 말했다.

"아버지는 지금 감옥에 계시지만 아무 잘못도 없고 깨끗한 분이시다. 곧 풀려나실 거야. 내일부터 우리도 씩씩하게 살자. 영이 넌 동생 앞에서 함부로 나쁜 말 하지 말고 동생 앞에서 울지도 마라. 그럼 동생도 따라 우니까."

"네, 어머니."

영이 말했다.

"네, 어머니."

동생을 안고 있던 원도 말했다.

"이리 와라, 내 착한 딸들."

두 딸이 무릎걸음으로 새댁 앞에 다가앉았다. 새댁이 두 팔을 벌려 딸들을 껴안았다. 영과 원과 희가 새댁의 품에 안겼다. 새댁의 품속은 따스했다. 과도한 고통이 황홀경을 부르듯이 쓴술을 먹은 새댁의 입에서는 거꾸로 단내가 났다. 영은 원 때문에, 원은 희 때문에 울지 않으려고 입술을 깨물었다.

난쟁이식모가 말한 대로, 새댁네 남편이 사라진 후 삼벌레고개 중턱에서는 다른 여자와 도망을 갔느니 간통죄로 잡혀갔느니 하는 식의 치정에 얽힌 소문이 파다했다. 그러나 곧 윗선에서 통장인 박가에게 공식적인 통지가 하달됨으로써 소문의 내용은 급변했다. 뚜벅이할배가 죽고 똥순할매가 사라진 뒤 기력을 잃고 비실대던 박가는 산삼이라도 달여 먹은 듯 예전의 성질과 기세를 단박에 회복했다. 우물집 앞에 형사 둘이 불침번을 서게 된 후부터 박가는 통장으로서의 사명감에 불타올라 눈부신 활약을 펼쳤다.

그는 풀 방구리에 쥐 드나들듯 동사무소와 파출소

를 드나들며 하찮은 정보를 물어 와 침소봉대하여 퍼뜨렸다. 그러게 내가 뭐랬냐거나 나는 암말도 안 했다거나 내 말이 그 말이라는 소리밖에 할 줄 모르던 통장집도 틈만 나면 남편으로부터 반공 교육을 받아 꽤 유식한 소리를 떠들어댈 줄 알게 되었다. 그 아슬아슬한 소문의 가로장을 밟고 오르다 보면 삼벌레고개 전체에 파다하게 퍼진 흉흉한 소문의 오케스트라를 들을 수 있었다. 박가네 가게 평상이 남자들의 교육장이었다면 통장집은 여인들의 집합장이었다.

난쟁이식모가 막달이를 달래고 부추겨 알아낸 바에 따르면, 계원들뿐 아니라 숱한 동네 여인들이 매일 통장집에 모여 새댁네 문제를 놓고 숙의를 거듭한다는 것이었다. 알고 보니 간첩은 하꼬방 청년이 아니라 새댁 남편이었다느니, 자기들은 정말 아무것도 모르고 간첩이 사는 집에 드나들었다느니, 그거 참 끔찍한 일이라느니, 사실 우물집에 생긴 모든 재앙은 우물에서 괴기스러운 기운이 새 나오는 탓이라느니, 이러다 우리 중에 누가 어느 때 경찰에 불려가 조사를 받을지 모른다느니, 전 계주였던 순분도 이미 새댁과 한 끈에 묶여 경찰서에 끌려가 치도곤을 당하고 나왔다느니, 나는 새댁 남편 코빼기도 본 적 없으니 절대 그럴 일이 없다느니, 제발 자네는 그런 벅수 같은 소리는 하지도 말라느니, 아무나 데려다 전기방석을 태우면 없는 일도 지어내 불지 않고는 못 배긴다느니, 이럴 때를 대비해서 드는 보험은 왜 없냐느니, 자기가 어디서 들었는데 순분이 계주 노릇을 한 것도 실은 간첩의 지시에 의한 것이었다느니, 그런 빨갱이 식구들은 당장 동네에서 몰아내는 게 상수라느니, 입 달린 여인들은 새파란 악의와 공포로 가득 찬 말들을 쏟아놓으면서 때로는 서로의 결백을 증명해주기도 하고 때로는 서로에게 책임을 덮어씌우기도 하면서 연일 옥신각신한다는 것이었다. 그리고 새댁이 골목을 지나간 후면 언제나 통장집이 나와 소금을 뿌리고 이런 말을 하고 들어간다는 것이었다.

"그러게 내가 뭐랬어? 빨갱이 본색은 언제든 드러나게 마련이라니까. 그렇게 물 씻어 먹게 깨끔을 떨더니 결국 저리 칠칠맞은 꼴로 나다니고 있잖아? 본색은 못 숨겨, 못 숨긴다고."

난쟁이식모는 이 모든 소문을 털어놓은 후 순분에게 우물집을 떠나겠다고 말했다. 순분은 난쟁이식모에게 이제껏 식모가 새댁네서 얻어먹은 온갖 음식의 종류와 맛을 일깨우고, 원래는 식모의 임무였던 변소 청소를 새댁이 자주 도왔다는 점도 짚어주었다. 그러나 다른 건 다 그만두고 우물 앞에 죽치고 있는 가자미 눈빛을 한 형사들에게 만정이 떨어진 난쟁이식모는 끝내 우물집을 나갔다.

우물 근처를 어슬렁거리며 담배를 피우던 형사 둘이 제 키만 한 기타와 작은 보퉁이를 싸 들고 아장아장 걸어가는 난쟁이식모를 배웅했다. 아랫동네에서는 노새처럼 튼튼하고 부지런하긴 해도 신체 조건에 결격이 있는 데다 하필 빨갱이 집에서 식모 노릇을 한 여자를 채용하기를 꺼렸고, 윗동네에서는 식모를 부리는 집이 없었기 때문에 난쟁이식모는 부득불 삼벌레고개를 떠나 먼 동네로 식모살이를 가지 않을 수 없었다.

이후로 동네의 소문을 들을 수 있는 창구는 닫혔고 순분과 새댁은 고립된 채 굳은 동맹을 체결했다.

새댁은 붙들려 갔다 나흘 만에 풀려났다. 걷지도 못하고 형사들에게 질질 끌려와 우물집 마당에 부려진 새댁은 눈이 충혈되고 입술이 갈라져 있었다. 순분은 새댁을 바깥채 안방에 데려다 눕히고 급히 흰죽을 쑤어 왔다. 원은 긴장한 얼굴로 새댁 옆에 오도카니 앉아 있었다.

"원아, 은철이한테 잠깐 가 있어라."

순분의 말에 원이 이글거리는 눈으로 올려다보았다.

"엄마 죽 먹고 푹 자야 하니까. 착하지?"

원은 말없이 방을 나갔다.

"어떻게 된 거야, 새댁?"

새댁은 힘없이 한숨을 쉬었다.

"때리던가?"

"때리지는 않고, 잠을 안 재웠어요. 물도 안 주고."

"뭐래?"

"그이가 빨갱이라는 걸 인정하라고, 그이 구명 운동도 하지 말라고, 안 그러면 애들까지 끌고 오겠다고……."

새댁은 더 이상 말을 잇지 못했다.

"일단 죽 먹고 푹 쉬어, 새댁."

순분이 죽을 떠서 입에 넣어주자 새댁은 힘겹게 삼켰다.

"무서워요, 형님."

새댁이 조그맣게 말했다.

"그러니까 이제 그만 집에 있어. 뭣보담도 애들이 안쓰럽고 딱해죽겠어."

새댁이 힘없이 미소를 지었다.

"무서운데 멈출 수가 없어요. 저놈들이 멈추지 않으면 우리도 멈출 수가 없어요."

새댁에게 죽을 다 먹이고 빈 죽 그릇을 들고 나오던 순분은 원이 수돗가에 등을 돌리고 앉아 있는 걸 보았다.

"원아, 추운데 왜 은철이랑 방에 안 있고?"

원은 꼼짝도 하지 않았다. 순분이 다가가 보니 얼굴이 파랗게 얼어 흐느끼고 있었다.

"엄마도 왔는데 왜 울어?"

원은 말이 없었다.

"동생은 어디 있어?"

"방에서 자요."

"동생 데려다줄까?"

원이 화난 듯이 머리를 저었다.

"어머니가 동생 앞에서 울면 안 된대요. 그럼 동생도 따라 운대요."

문득 순분은 은철에게 들은 말이 생각나 등을 내밀며 이렇게 말했다.

"업자. 업고 안채 가서, 원이 좋아하는 계란볶음밥 만들어 먹자."

순분은 냄비에서 계란볶음밥을 퍼 공기에 담아 원과 은철 앞에 놓아주었다.

"잘 먹겠습니다."

원은 새댁에게 교육받은 대로 식전 인사를 하고 숟가락을 들었다. 은철도 덩달아 꾸벅 인사를 했다.

"맛있니, 원아?"

"맛있어요."

"은철이는?"

"맛있어요."

요즘 은철은 무조건 원을 따라 하는 버릇이 들었다.

그릇이 반쯤 비어갈 때 순분이 물었다.

"물 줄까?"

원이 갑자기 숟가락을 내려놓았다.

"왜 더 안 먹고?"

원의 숨결이 거칠어졌다. 원은 할딱거리며 은철과 순분을 번갈아 보더니 빽 소리를 질렀다.

"우리 어머니는 이렇게 안 하신단 말이에요!"

"뭘 이렇게 안 해?"

원이 손가락으로 냄비를 동그랗게 가리켰다.

"우리 어머니는 처음부터 이렇게 통째로 놓고 먹는 단 말이에요. 옆에 깍두기도 놓고, 보리차도 놓고, 처음 부터 그렇게 먹는단 말이에요!"

"아줌마가 몰랐다. 이를 어쩌냐?"

순분은 용서받을 수 없는 죄를 저지른 사람처럼 당 황했다. 그럴수록 원의 목에 가느다란 핏대가 섰다.

"또, 또, 눌은 놈도 있고 덜 된 놈도 있고 찔깃한 놈 도 있고 보들한 놈도 있고, 그렇게 다 있는 거란 말이에 요!"

원은 속사포처럼 쏘았고, 순분과 은철은 그게 무슨

소린지 알아듣지 못해 어리둥절했다. 원은 후딱 일어나 쪽마루로 나가 댓돌 아래로 허리를 굽혔다. 은철은 원이 신발을 신고 가버리려는 줄 알았다. 자기도 따라나갈까 하는데 원이 작은 딸꾹질 소리를 냈다. 또 구역질을 하나 보다고 은철은 생각했다. 잠시 후 원이 목을 놓아 터뜨린 울음소리가 좁은 우물집 마당 가득 울려 퍼졌다. 원이 우는 방식은 딸깍 안전핀을 뽑는 소리가 난 후 잠깐 시차를 두었다 꽝음을 내고 터지는 수류탄 같았다.

순분은 원에게 다가가 등을 쓸어내렸다.

"아줌마가 잘못했다. 그만 뚝. 다음엔 그렇게 먹자꾸나. 처음부터 통째로 놓고, 깍두기랑 보리차도 같이 놓고. 응?"

은철도 깁스를 푼 지 얼마 안 되는 가느다란 왼 다리를 끌며 앉은걸음으로 다가와 같이 울었다. 두 아이는 각자의 서러움에 복받쳐 울었다. 애초부터 계란볶음밥 같은 건 문제도 아니었다. 어린 스파이들은 회복할 수 없이 망가진 것들 때문에 울었다. 일 년도 안 된 지난봄으로 다시 돌아갈 수 없어서 울었다. 이 모든 일이 어린 그들에게 지나치게 억울하고 가혹해서 울었다.

순분은 두 아이를 안고 눈물을 훔치면서 원이 던진 수수께끼 같은 말을 생각했다. 눌은 놈도 있고 덜 된 놈도 있고 찔깃한 놈도 있고 보들한 놈도 있고, 그렇게 다 있다고 했지. 눌은 놈 덜 된 놈 찔깃한 놈 보들한 놈. 순분은 그게 마치 사내들에 대한 형용 같다고 생각했다. 서슬이 퍼래서 당장 빨갱이 집을 쫓아내자고 설치고 다니는 통장 박가 같은 놈은 어떤 놈일 것이며, 밤마다 불안감에 사로잡혀 새댁네를 어떻게 내보낼 수 없을까 궁리하는 자기 남편 같은 놈은 어떤 놈일까. 같은 놈일까 다른 놈일까. 눌은 놈도 덜 된 놈도, 찔깃한 놈도 보들한 놈도, 어차피 그놈이 그놈 같았다. 그러자 한없이 구슬픈 마음이 들었지만, 두 아이의 등을 번갈아 토닥이는 순분의 표정은 어스름 녘의 능선처럼 차분하고 부드러웠다.

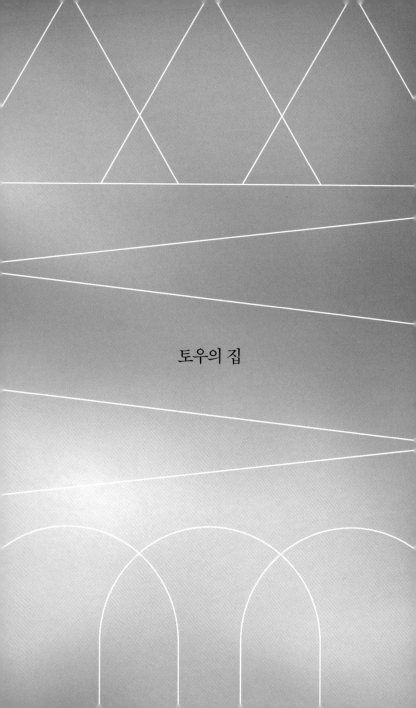

토우의 집

짝.

뺨 맞는 소리와도 같은 이 말은 원에게 난폭한 사내
애의 심장을 축약한 기호였다. 입학한 후 세 번이나 짝
이 바뀌었지만 원은 학급에서 가장 못된 녀석과만 짝
이 되었다. 얌전한 줄 알았던 아이도 원과 짝이 되면 자
기 속에 숨어 있던 야수적인 본성을 계발하여 원을 괴
롭히는 데 열광했다.

까만 피부에 콧구멍이 발랑 뒤집어진 세 번째 짝도
마찬가지였다. 짝의 면상의 중심부, 즉 작은 눈동자와
큰 콧구멍이 네 개의 꼭짓점을 이루는 역사다리꼴이
눈앞에 다가올 때면 원은 이 괴물이 그토록 큰 콧구멍

아궁이에서만 생산될 수 있는 연탄재만 한 코딱지를 파내어 자기에게 강제로 만져보게 할까 봐 겁이 났다.

하지만 지난주에 그 녀석 귀를 물어 귓불이 너덜거리게 만든 후로 거짓말처럼 아무도 원을 괴롭히지 않았다. 아무도 말을 걸지 않았다. 그럴 줄 알았으면 진작 물어뜯을 걸 그랬다고 원은 생각했다. 원은 쉬는 시간에 혼자 자리에 앉아 창밖을 내다보며 짝의 귀를 물어뜯을 때 쫄깃하게 씹히던 살의 감촉과 옅은 피비린내를 생각했고, 또 한 번 누군가의 귀를 그렇게 씹어보았으면 좋겠다고 생각했다. 원은 가끔 자리에서 벌떡 일어나 반 친구들에게 간첩 중에는 좋은 간첩도 있고 나쁜 간첩도 있는데 좋은 간첩을 스파이라고 한다고 큰 소리로 얘기해주고 싶은 충동을 느꼈다. 그런데 간첩은 그렇다 치고 빨갱이는…… 알 수 없었다.

담임선생님은 짝의 귀를 물어뜯은 원을 야단치는 대신 어떤 어려움이 닥쳐도 공부만 열심히 하라고 했다. 어쩌면 담임선생님이 짝의 치료비를 물어주었는지도 모른다. 담임선생님께 빨갱이와 스파이가 무슨 관계인지 물어볼 수 있을까. 왠지 그래선 안 될 것 같았다.

은철은 등에 노란 가방을 멘 원이 깡통을 발로 차며 걸어오는 것을 보았다. 요즘 원은 자주 길바닥에 침을 뱉고 저렇게 깡통을 차고 다녔다. 원은 이마의 땀을 닦고 부신 눈으로 삼벌레고개를 올려다보았다. 은철도 고개를 돌려 삼벌레고개를 올려다보았다. 햇살을 반사하는 삼벌레고개 언덕은 흰 비늘로 뒤덮인 용처럼 보였다.

원은 고개를 숙이고 벗은 옷처럼 발목에 감겨드는 짙은 그림자를 내려다보며 천천히 걸음을 떼놓았다. 박가네 평상에 앉아 있는 괴상한 씨와 맞은편에 쭈그리고 앉은 곰딴지수학자 사이를 지날 때면 양쪽으로 고개를 돌려 인사를 했다. 한낮이라 흰 칼라에 검은색 모직으로 된 동복 상의가 더워 보였다. 그림자가 짙고 무거워 가풀막을 오르는 원의 걸음은 점점 더 느려졌다.

"원아!"

은철은 일곱 계단이 딸린 양옥집 앞에서 원을 불렀다. 지난가을에 금철에게서 계단 뛰어내리기 훈련을 받던 곳이었다. 이제 은철은 자라면서 아무 훈련도 받지 않을 것이다. 은철을 볼 때마다 통장집 여자는 범죄

행위라도 지적하듯 쟤는 스무 살이 되어도 군대에 못 간다고 쑤군거렸다.

원은 양옥집 계단 중간에 몸을 비스듬히 벽에 붙이고 서 있는 은철을 올려다보았다. 원은 학교에 다니지만 은철은 아직 못 다녔다. 지난달에 핀을 제거하는 수술을 받았지만 와이어로 뼈를 고정한 은철의 무릎은 거의 구부러지지 않았다. 무릎을 조금만 움직여도 드르륵거리는 소리가 났고 심한 통증을 동반한 강직 현상도 시시때때로 찾아왔다.

은철은 그래서 학교에 못 다니는 건데 원이 그것 때문에 자기를 무시할까 봐 은근히 신경이 쓰였다. 원이 계단을 올라와 등에 멘 가방을 풀어놓고 은철과 나란히 서서 벽에 등을 기댔다.

"시원하지?"

은철이 물었다.

"시원하다."

좁다란 직사각형의 그늘이 원의 뺨에 푸른빛을 드리우는 걸 은철은 흡족하게 바라보았다.

"저기 봐봐. 노는 거 귀엽지?"

은철이 손가락으로 전봇대 아래를 가리켰다. 섬세한 모눈의 입자가 퍼지듯 원의 입가에 조심스러운 웃음이 떠올랐다. 까만 코가 햇빛을 받아 녹색기를 띠는 흰 강아지가 납작 엎드려 백일쟁이가 딸랑이를 가지고 놀듯 돼지 뼈를 이빨과 앞발로 요리조리 굴려가며 놀고 있었다. 이빨에 힘을 줄 때마다 귀가 쫑긋거렸다.

　은철은 오전 내내 해가 높아져 점점 좁아지는 사각의 그늘 아래 앉아 전봇대에 묶인 강아지와 함께 원이 돌아오기를 기다렸다. 그동안 새댁에게 배웠고 원이 다시 가르쳐준 구구단을 외웠고, 암소가 억센 풀을 되새김질하듯 국민교육헌장에 나오는 괴상한 말들을 입 속으로 되뇌며 낯선 음절의 모를 깎아 부드럽게 만들었다. 우리는 민족중흥의 역사적 사명을 띠고…… 민족중흥 민족중흥의 역사적 사명…… 성실한 마음과 튼튼한 몸으로…… 이건 좀 쉬워서 알아먹을 만했지만 다리가 이래서야 통장집 말대로 과연 튼튼한 몸을 가진 국민이 될 수 있을지 의문이었다. 학문과 기술을 배우고 익히며…… 이 대목에서도 은철은 학교에 다니지 않는 게 마음에 걸렸다. 타고난 저마다의 소질을 계발하고……

계란 할 때 계…… 계발하고 계발하고…… 계발 계발하다 보면 자연히 닭발 생각이 났다. 그때는 어떻게 원이한테 그런 것을 먹였을까 하고 은철은 남의 일처럼 생각했다. 아직 은철은 원에게 닭발 사건에 대해 사과하지 못했다. 원도 그 얘기를 꺼낸 적이 없었다.

연신 고개를 갸우뚱거리는 강아지에게서 눈을 떼지 않던 원이 말했다.

"강아지 한 마리 키웠으면 좋겠다."

은철은 고개를 끄덕였다.

"나도, 나도."

원이 계단에 앉았다. 은철도 그 옆에 왼쪽 다리를 펴고 천천히 앉았다. 이제 육식이 아저씨도 오지 않는데 키워도 되지 않을까. 햇볕 아래서 모난 돌들이 찬찬히 숨을 고르고 있었다. 은철이 주머니에서 과자 봉지를 꺼냈다. 원과 은철은 작은 소라 껍데기 모양의 갈색 과자를 먹었다. 강아지가 이게 무슨 소린가 귀를 쫑긋 세우고 고개를 들었다.

"조금만 줄까?"

"응, 조금만."

은철은 강아지에게 과자를 한 주먹 던져주었다. 강아지는 흩어진 과자를 양양거리며 다 먹고 코를 땅에 대고 킁킁거리더니 고개를 들어 그들을 보았다. 과자는 얼마 남지 않았다.

"그만 주자."

원의 말을 알아들었는지 강아지는 앞발로 땅을 긁으며 자기 앞에 소라과자를 더 던져주지 않는 그들에게 불만을 표시했다. 그들은 몸을 돌리고 손으로 입을 가리고 몰래 과자를 먹었다. 강아지가 캉캉 짖었다.

"오늘도 학교 안 재미있었어?"

"안 재미있었어."

원이 손가락으로 책가방 위에 아무 글자나 썼다.

"내가 집까지 가방 들어줄까?"

"다리 안 아파?"

"오늘은 안 아파."

"잘 걸어?"

"우리 엄마가 시키는 대로 한다. 볼래, 너?"

"응."

은철은 원의 가방을 메고 왼쪽 엉덩이가 조금이라도

덜 실룩거리도록 아픔을 참고 계단을 내려갔다. 원이 큰 소리로 숫자를 셌다.

"한놈 두식이 석삼 너구리!"

원이 손뼉을 치며 외쳤다.

"다친 사람 안 같아! 말짱한 사람 같아!"

은철은 원의 거짓말이 기뻤다. 원이 계단을 내려와 은철의 손을 잡았다. 서늘한 진흙을 쥔 것처럼 손바닥에 은은한 쾌감이 퍼졌다.

"접때 닭발 있잖아?"

원의 말에 은철은 숨이 막혔다. 언젠가 이런 때가 오리라고 각오했지만 미안하다는 말을 하려면 자꾸 눈물이 났다. 원이 잡은 손을 흔들며 물었다.

"그거 귀희네 집에서 주웠지?"

"어, 어, 어떻게 알았어?"

"거봐! 맞구나?"

"맞아."

원이 오랜만에 환하게 웃었다. 은철도 덩달아 웃었다.

"내가 어떻게 알았냐면,"

"응. 어떻게 알았어?"

"귀희네 엄마가 맨날 시장에서 닭발만 모아 오는 거 봤다."

"진짜?"

"또 접때 그 집에서 고추장 넣고 닭발 볶는 것도 봤다."

"진짜?"

"내가 딱 맞췄지?"

"딱 맞췄다."

"우린 스파이니까!"

그 순간 은철은 닭발을 자기 집 부엌에서 주웠다는 비밀을 무덤까지 가져가기로 결심했다. 우린 스파이니까.

집안일을 도맡게 된 영은 만만한 금철을 살살 부려 먹기 시작했다. 순분이 보고도 못 본 척했기에 금철은 틈만 나면 바깥채 부엌이나 수돗가에서 영이 하는 일을 거들었다.

영이 못 쓰는 칫솔에 비누를 묻혀 금철에게 주며 말했다.

"난 커서 스튜어디스가 될 거야."

"비행기 타는 스튜어디스?"

금철이 운동화에 맹렬히 칫솔질을 하며 물었다.

"그래서 외국 나가 살 거야. 쌍꺼풀 수술도 하고."

"왜?"

"여기가 싫어. 이렇게 생긴 것도 싫고."

금철은 중학생이 되어 더 예뻐진 영의 얼굴을 힐끔 훔쳐보았다.

"지금도 괜찮게 생긴 것 같은데."

영이 피식 웃으며 기분 좋은 눈웃음을 쳤다.

"구석구석 깨끗하게 닦기나 해."

"알았어."

"문제는,"

"어."

"우리 아버지는 다 안 된다고 하실 거야."

"왜?"

"몰라. 그러실 것 같아. 쌍꺼풀, 스튜어디스, 말도 못 꺼내게 하실 거야. 우리 아버지가 안 된다고 하시면 우리 어머니는 말할 것도 없어. 넌 커서 뭐 되고 싶어?"

금철은 칫솔을 쥔 오른손을 천천히 쥐었다 폈다.

"나는 아버지처럼 운전수가 될 거야."

"핏, 운전수? 시시해라!"

"운전수가 돼서 우리 은철이가 어디든 가고 싶다고 하면 데리고 가줄 거야."

영이 금철을 빤히 바라보자 금철은 얼굴이 벌게졌다. 영은 그나마 금철에게서 마음에 들었던 구석이 모종의 박력 비슷한 것이었는데, 그게 온데간데없이 사라진 게 아쉬웠다.

"너 참 착해졌구나."

금철이 쑥스럽게 웃었다. 영은 금철이 비누질한 운동화를 대야에 푹 눌러 담그며 누군가를 익사시키는 말투로 잇소리를 내뱉었다.

"난 죽어도 착한 사람 같은 거 안 될 거야. 돈 벌면 아주 그냥 한 방에 뭉개버릴 거야. 통장집 같은 년, 우리 담임 같은 새끼, 다시는 말도 못 하게 아주 그냥 혀를 다 뽑아버릴 거야."

"무섭다."

영이 목소리를 낮췄다.

"예전에는 주인집 아줌마 혀도 뽑아주고 싶었는데,

이젠 아니야."

"우리 엄마 말야?"

"그래, 니네 엄마."

영이 새침하게 말했다.

"무섭다."

"이젠 아니라니까."

"그럼 다행이고."

영이 다시 금철을 빤히 바라보았다. 금철은 또 얼굴
이 벌게졌다.

"넌 참 지지리도 말을 못한다."

금철은 시무룩해졌다. 그래도 영의 옆에 있는 게 좋
으니 어쩔 수 없었다.

"내가 헹굴 테니까 물이나 부어줘."

교복 치마를 여미고 앉아 빠른 손길로 운동화를 흔
들어 헹구는 영은 금세라도 날아가버릴 새처럼 아슬아
슬하고 아름다웠다.

그날 저녁 우물집 대문을 들어설 때 새댁은 신발 한
짝을 신고 있지 않았다. 새댁 뒤로 길고 검은 수단을 입
은 신부가 들어왔고, 그 뒤로 들것을 든 남자 둘이 들어

왔다. 마지막으로 검은 양복을 입은 안덕수가 들어왔다.

새댁은 남은 신 한 짝을 휙 벗어 던지더니 영이 깨끗이 걸레질해놓은 쪽마루에 흙발로 성큼 올라서서 방문을 활짝 열었다. 신부가 들것을 든 사내에게서 앞쪽을 넘겨받자 덕수도 엉겁결에 들것 뒤쪽을 넘겨받았다. 들것을 넘겨준 두 남자는 대문간에 서서 담배를 피웠다.

신부가 쪽마루에 올라서자 덕수는 뒤에서 들것 작대기를 높이 받쳐 올리느라 용을 썼다. 신부와 덕수는 건넌방에 들것을 내려놓고 조심스레 천에 덮인 내용물을 옮겼다. 긴 자루 같은 시체는 재봉틀과 앉은뱅이책상 앞에 놓였다. 빈 들것은 대문간에서 기다리고 있는 남자들에게 건네졌다. 덕수가 그들에게 돈을 주었다. 그들은 돈을 받고 담배꽁초를 수채에 던지고 들것을 들고 갔다.

새댁은 반닫이에서 검정 옷을 꺼내 딸들에게 주었다.

"안채에 가서 갈아입고 와라."

순분은 아들들을 안방에서 몰아내고 영과 원이 옷 갈아입는 것을 도와주었다. 영과 원은 검정 교복 윗도리에 감색 바지를 입었다. 영이 옷을 갈아입으면서 코를 훌쩍거렸다.

새댁이 수돗가에서 쌀을 씻고 있었다. 오늘 저녁밥은 어머니가 지으려나 보다 생각한 원이 달려가 물었다.

"칼라는 어딨어요, 어머니?"

"칼라는 달 필요 없다. 언니하고 같이 방에 들어가서 큰아버지와 신부님과 함께 있어라."

안방으로 들어가니 건넌방과 통하는 문은 굳게 닫혀 있고 덕수와 신부는 싸운 사람처럼 등지고 다른 벽을 보고 있었다. 둘이 싸웠다면 아마 체구가 왜소한 큰아버지가 졌을 거라고 원은 생각했다. 아까도 기다란 짐의 더 무거운 쪽을 드느라 큰아버지가 고생을 바가지로 하지 않았던가. 큰아버지의 야윈 뺨에 패배의 슬픔이 짙게 배어 있는 듯해 원은 마음이 아팠다.

"큰아버지!"

느닷없는 부름에 덕수가 깜짝 놀라 원을 보았다. 신부와 영도 원을 보았다.

"저 방에요."

원이 건넌방을 가리키자 덕수는 움찔하여 눈을 가느스름하게 떴다. 원은 비밀 얘기를 하듯 조그맣게, 그러나 신부 귀에는 또렷이 들릴 정도의 크기로 말했다.

"아직 단추가 세 개나 남아 있어요."

"오, 그러냐?"

"단추를 보당이라고도 하지요?"

"그렇지."

덕수가 얼른 고개를 끄덕였다.

"저 방에 거북이보당도 있어요."

신부는 그들의 대화가 무슨 뜻인지 몰라 어리둥절한 표정이었다. 큰아버지와 자기만 아는 얘기를 해서 신부님을 찍소리도 못 하게 만들어 의기양양해진 원이 자신의 검정 윗도리를 내보이며 말했다.

"이거 보세요, 큰아버지. 하나도 달아나지 않았지요?"

덕수가 멍한 얼굴로 물었다.

"달아나지 않았다고?"

"어디로 갔는지 모르면 달아났다고 하는 거래요."

"어디로 갔는지 모른다고?"

"큰아버지는 아시죠?"

"내가 뭘?"

"아버지가요."

"아버지가 어디로 갔는지 아느냐고?"

"그게 아니라요,"

원이 배시시 웃었다.

"아버지가 호랑이띠여서 수영도 잘하신다는 거요. 큰아버지는 아시죠?"

원은 이 대목에서 신부를 힐끗 보았다. 신부는 꿀 먹은 벙어리 모양 말없이 그들의 대화를 엿듣고 있었다.

"아버지가 호랑이띠라고?"

"큰아버지는 무슨 띠세요?"

덕수는 원의 질문에 정신이 하나도 없어 말을 더듬거렸다.

"나? 나, 나는 아마 돼, 돼, 돼지띠다."

원은 돼지와는 거리가 먼 덕수의 푹 파인 뺨을 물끄러미 올려다보고 위로하듯이 말했다.

"어머니가 그러시는데, 띠하고 사람하고 꼭 닮는 건 아니랬어요."

"그, 그러냐?"

원은 만족한 얼굴로 방 안을 둘러보다 영과 눈이 마주치자 함빡 웃음을 지었다.

"큰아버지, 큰아버지! 우리 언니도요."

뜻밖에 동생의 입에서 자기 얘기가 나오자 영이 긴장한 새의 눈으로 원을 바라보았다.

"언니도 아버지랑 똑같이 호랑이띤데요, 아버지도 호랑이도 하나도 안 닮았잖아요?"

영이 갑자기 달려들어 원의 목을 아프게 껴안더니 몸을 들썩거리며 울기 시작했다. 동생 앞에서 울지 말랬는데. 그나저나 원은 모두 검정 옷을 입었는데 동생 희에게만 검정 옷이 없는 게 걱정이었다.

조문객은 많지 않았다. 덕규가 '한 식구'라고 부르던 지인들은 아무도 오지 못했다. 집 앞에서 형사들이 조문객의 출입을 통제하긴 했지만, 그래서 못 온 건 아니고 덕규가 그들을 조문하지 못하는 사정과 비슷했다. 그들 중 둘은 덕규와 함께 사형을 당했고 셋은 감옥에 있었다.

덕규를 땅에 묻을 때까지도 원은 아버지의 죽음을 실감하지 못했다. 모든 것이 어수선하기만 했다. 새댁은 부은 얼굴로 우스꽝스러운 베옷을 입고 앉아 있었

고, 덕수는 홀쭉한 뺨으로 벙어리처럼 말이 없었다. 조
문객들은 차일 친 마당에서 밤을 새웠는데 뜻밖에 그
중에는 괴상한 아저씨와 곰딴지수학자도 묵묵히 끼여
앉아 있었다. 통장 박가는 우물집 대문 안으로는 한 발
짝도 들이지 않고 우물 앞에 보초를 서고 있는 형사들
에게 담배를 권하거나 음식을 가져다주었다.

　순분과 금철이 조문객들에게 국밥을 날랐고 영은 초
점을 잃은 새 눈으로 수돗가에 앉아 떡 같은 것을 우물
우물 씹고 있었다. 원은 은철과 함께 연탄 창고에서 동
생의 흰 잠옷에 검댕을 묻혀 검은 상복을 만들었다. 환
하게 불 켜진 안방에 누워 잠을 청할 때면 원의 눈앞엔
불운의 지문처럼 흑백의 타원들이 떠올랐다 사라지곤
했다. 졸음이 쏟아지는 가운데 새댁의 목소리가 나지
막이 들려왔다.

　"죽지는 않을 거라 하셨잖아요, 신부님? 죽지는 않을
거라……."

　덕규의 장지는 시 외곽에 있는 공원묘지였다. 날씨
가 화창하고 봄꽃이 만개해 검은 장례 행렬이 한층 침
울해 보였다. 덕규를 묻을 때 작은 소동이 있었다. 관

위로 흙이 한 삽 떨어진 순간 누가 말해주지 않았는데도 원은 관 속에 아버지가 있다는 사실을 벼락같이 깨달았다.

안 돼요! 하지 마세요! 어머니! 못 하게 하세요! 아버지가 저기! 저기! 안 돼요!

그러나 말은 소리가 되어 나오지 않았다. 원은 자기가 우물에 묶여서 내린 저주 때문에 아버지가 산사태에 갇힌 사람처럼 무거운 흙더미 속에 파묻히게 된 거라고 생각했다. 원은 물고기처럼 입만 뻐끔거리다 풀썩 쓰러졌다. 사람들이 원을 나무 그늘로 옮겼다. 잠시 정신을 잃었다 깨어났을 때 원을 안고 있는 사람은 새댁이 아니라 순분이었다.

상이 끝나고 우물집은 다시 고요해졌다. 새댁은 일찍 일어나 밥을 짓고 영의 도시락을 싸고 원이 책가방 싸는 걸 도와주었다. 영과 원이 학교에 가면 새댁은 건넌방에 들어가 문을 닫았다. 덕규가 죽은 후 운수패는 떼지 않았다. 대신 종이에 남편 이름을 한자로 '安德奎'라고 정성 들여 쓰고 글자의 한 획 한 획이 남편에게 이르는 길의 약도이기라도 한 양 물끄러미 들여다보았다.

어느 순간부터 이상하게 새댁의 눈에 '편안할 安' 자가 불편해 보였다. 새댁은 펜대에 새 펜촉을 끼우고 새로 써보았다. 어떻게 써도 갓머리 밑에 앉은 여자의 모양이 마음에 들지 않았다. 어디론가 도망칠 듯 조급해 보이는가 하면 그 자리에서 꼼짝도 할 수 없이 심하게 다친 것처럼도 보였다. 그러니 다음 글자는 더 이상 써나갈 수 없었다. 安 安 安 安 새댁은 목이 뻣뻣해지도록 安 자만 고쳐 쓰고 들여다보고 또 쓰고 들여다보았다.

원이 학교에서 돌아오면 새댁은 점심을 만들었다. 새댁이 점심 준비를 하는 동안 원은 학교에서 있었던 일을 얘기했다.

"어머니, 오늘은 짝이 음악책을 안 가지고 와서 제가 같이 보려고 했는데요, 안 보려고 해서 왜 안 보냐고 물었더니 그냥 가만히 있어요. 제가 이렇게 팔을 뻗어서 개도 볼 수 있게 했는데 개가 또 몸을 이렇게 옆으로 피해요. 제가 접때 짝 귀를 물은 것 때문에 그런 것 같아요."

"짝 귀를 물었다고?"

새댁의 반응에 원이 손뼉을 쳤다.

296

"아! 어머니는 모르시는구나. 언니는 아는데. 어머니가 그때 바빠서 제가 말씀을 못 드렸어요. 접때 제가왜 짝 귀를 물었냐 하면요, 처음엔요……."

새댁이 기계적으로 고개를 끄덕였다. 눈치 빠른 원은 어머니가 자기 얘기를 듣고 있지 않다는 것을 알았다. 그러나 어머니의 관심을 끌기 위해 얘기하는 속도와 음량을 더 높이는 방법 외에는 알지 못했다.

"또 자꾸 저한테 땡을 하자고 해서요, 그게 뭐냐 하면요, 아침에 만나면 아침땡 하고요, 점심때 종 치면 점심땡 하는 건데요, 먼저 하는 사람이 다른 사람 꿀밤을 때리는 거거든요."

원이 목청을 돋울수록 새댁은 무표정해졌다. 새댁은 오로지 安 자 속의 여자만 생각하고 있었다.

"그래서 어머니, 제가 싫다고 했는데요, 짝이 자기 마음대로 하는 걸로 정해가지고요……."

마침내 새댁이 입을 뗐다.

"원아, 밥 먹을 땐 조용히 해야지."

원은 하던 얘기를 끝내지 못하고 입을 다물었다.

어머니가 변했다. 예전에 어머니와 냄비국수를 사 먹

던 날은 이렇지 않았다. 냄비국수가 나왔을 때 어머니
는 고춧가루를 뿌려줄까 물었고 입천장을 데지 않게 조
심하라고 했고 계란이 잘아도 온거라고 했다. 먹는 내
내 어머니는 쉬지 않고 자기와 얘기를 나누었다. 어른
들께 말할 때는 안 먹으세요 하는 게 아니라 안 잡수세
요 하는 거라고, 영에게 예쁜 타이즈를 사줄 거라고, 타
이즈 안 신고 양말 신기를 백 번이나 잘했다고도 했다.

변했다.

원은 이를 악물고 울음을 참았다.

내 저주 때문에 어머니가 변했다.

원은 그때처럼 비를 맞으며 길거리에 쪼그리고 앉아
어머니와 함께 울고 싶었다. 울음을 참으니 딸꾹질이
났다. 새댁은 밥을 다 먹을 때까지 원이 계속 딸꾹질하
는 걸 알아차리지 못했다.

순분이 보기에 새댁은 그럭저럭 일상을 꾸려나가는
것처럼 보였다. 다만 정신이 멍하고 맥이 좀 없다고 느
꼈을 뿐이다. 남편을 잃은 여자가 정신이 초롱초롱하
고 맥이 펄펄 뛰는 것도 이상하니 그저 그러려니, 곧 괜

찾아지려니 여겼다. 그러나 불에 타고 나서도 탄 물체의 형태가 잠깐 남아 있는 것처럼 새댁이 그렇게 아슬아슬한 소진 직후의 순간을 버텨가고 있다는 걸 순분은 몰랐다.

어느 날 새댁은 허둥지둥 방에서 뛰어나와 입은 차림 그대로 대문을 열고 나갔다. 마치 옆집에서 빌려온 망치나 부삽 따위를 되돌려주러 가기라도 하는 모양새였다. 그렇게 오전에 집을 나간 새댁은 한밤중이 되어도 돌아오지 않았다. 다음 날 아침에 그 사실을 알게 된 순분은 뾰족한 방도도 없이 새댁을 찾아 나섰다. 새댁이 정류장에서 버스를 타고 어디론가 가더라는 얘기에 순분은 설마 하면서도 짚이는 데가 있어 괴상한 씨에게 부탁해 그의 자가용을 타고 덕규의 무덤으로 갔다.

새댁은 얼굴을 남편 무덤 쪽으로 향하고 무덤의 일부를 감싸듯이 둥그렇게 웅크린 자세로 누워 있었다. 무덤 앞에는 시든 꽃 한 다발과 발가락양말 한 켤레가 놓여 있었다. 전날 새댁은 반닫이에서 남편의 발가락양말을 꺼내 보고 이제 날이 더워지면 당신이 이걸 찾을 텐데 하는 생각이 들어 얼른 남편에게로 달려갔던 것이다. 밤새 그곳에 누워 있었던 탓에 새댁의 머리칼과 옷은 흙투성이였다. 순분은 새댁을 데리고 괴상한 씨의 차를 타고 돌아왔다. 돌아오는 내내 새댁은 졸다 깨다 하며 알 수 없는 말들을 중얼거렸다.

그 후에도 같은 일이 반복되었다. 아침 설거지를 하다 말고, 빨랫감을 담가놓은 채로, 방을 닦다 걸레를 집어 던지고 새댁은 집을 나갔다. 정류장에서 시내버스를 타고 중간에 시외버스로 갈아타고 덕규의 무덤에 갔다. 가서는 돌아오지 않았다. 순분은 새댁이 나간 뒤에 다시 찾아오는 것보다 아예 나가지 못하도록 막는 게 더 낫겠다는 생각에 은철과 번차례로 바깥채 쪽마루에 앉아 새댁을 지켰다. 다행히 새댁은 거세게 저항하거나 완력으로 그들을 뿌리치지 않았다. 대신 건넌방에서 꼼짝도 하지 않는 편을 택했다.

순분은 몇 번이나 그 방으로 찾아가 새댁을 거기서 나오게 하려고 애를 썼다.

"새댁, 애들 생각도 해야지. 영이랑 원이 불쌍해서 어떡하려고 그래?"

"애들이 있으니 제가 살아 있기는 해야겠지요?"

"그런 말이 어딨어? 어떻게든 견디고 살아야지."

"뭐든 다 빼앗아 가는 세상이에요."

"그래도 자식 보고 견뎌야지. 살다 보면 살아져."

"이 동네 사람들은 그이가 죽어서 다행이라고 생각하겠지요?"

"누가 그렇게 생각한다는 거야?"

새댁이 웃었다.

"저도 다 알아요. 지난번엔 성냥갑을 가지고 나가서 한참을 돌아다녔어요. 성냥을 꺼내서 불을 붙이지 않으려고 애를 썼지요. 동이 틀 무렵까지 그렇게 돌아다녔어요. 정신을 차리고 보니 온몸이 땀범벅이었어요. 이렇게 훤해졌으니 오늘은 불을 못 지르겠구나 이를 갈면서 돌아왔지요."

순분은 놀랐다. 통행금지도 있는데, 그러다 또 붙잡혀 가서 무슨 경을 치려고 그런 위험한 짓을 하는가 싶었다.

"그이가 어떻게 죽었는지 누가 알까요? 죽을 때까지 어떻게 견뎠는지 누가 알까요? 그이 몸이 성한 데가 없었어요. 머리…… 가슴…… 팔다리…… 손발…… 어디 하나……."

순분은 상상만으로도 이맛살이 찌푸려졌다. 누군가 새댁이 시신을 못 보게 말렸어야 했다는 생각이 들었지만, 과연 누가 감히 새댁을 막을 수 있었을까 싶기도 했다.

"무엇보다 참을 수 없는 건,"

새댁의 눈에 돌연 붉고 축축한 빛이 번득였다.

"그래, 새댁. 뭐?"

"그이 손목……."

"손목?"

"그이가 어떤 사람인데…… 그 악마들이…… 어떻게 하면 사람을 그렇게……."

순간 순분은 소름이 끼쳤다.

"그건 그이가 그은 거였어요…… 자기 손으로 그은 거였어요……."

이글거리던 새댁의 눈빛이 잦아들었다.

어느새 새댁은 고개를 숙이고 남편의 발가락양말을 양손에 차례로 끼어보며 앉아 있었다. 양말에서 나프탈렌과 빨랫비누 냄새가 났다. 순분은 새댁에게 이보

다 더 위로가 되는 물건과 냄새도 없겠다는 생각이 들
었다.

씻지도 않고 먹지도 않는 무위와 무기력의 나날이
계속되었다. 새댁은 마음의 골을 솎아낸 듯 빠르게 늙
어갔다. 어머니의 얼굴이 진흙 덩어리처럼 뭉개지는
걸 원은 시시각각 느낄 수 있었다. 자기 얼굴 외에 다른
얼굴에 별 관심이 없는 영조차도 어머니 얼굴이 점점
이상하게 변해간다고 말했다.

"그래도 난 어머니를 이해해."

영은 사모하던 미남 청년이 아직 감옥에 있으나 죽
지는 않았다는 사실에 안도했고, 그런 자신의 마음에
조금도 죄의식을 느끼지 않았다. 영에게는 언제나 과
거보다 미래가 중요했다.

"어머니 대신 내가 널 키울게."

영은 힐끗 희를 보고 말했다.

"니 동생은 니가 키워."

원은 드디어 언니가 동생을 동생으로 인정한 것이
기뻤다.

"알았어."

"우리는 빨리 커야 해."

원은 애들이 크니까 돈을 아껴야 한다던 어머니의
말과 채소가 알록달록 비치는 오뎅의 맛이 생각나 눈
시울이 붉어졌다.

"왜 또 울려고 하니?"

"아니야."

새댁이 영과 금철에게는 오뎅 사 먹은 걸 말하지 말
라고 했으니 원은 말할 수 없었다.

"울지 마."

"안 울어."

"어머니를 좀 봐. 자꾸 울면 피부 나빠져. 표정도 울
상 되고."

새댁은 안덕수의 경제적인 원조를 거부하지 않았다.
거부하고 말고 할 뜻 자체가 없었다. 영과 원은 단정한
옷차림을 하고 일주일에 한 번씩 큰아버지네 양복점을
방문하여 저녁을 함께 먹고 큰아버지가 준 봉투를 받
아 왔다.

"큰아버지께서 다음엔 어머니도 같이 오시래요."

영의 말에 새댁은 그게 무슨 뜻인지 모르고 고개를 끄덕였다. 원이 뭘 물어도 눈을 껌뻑거리다 고개만 끄덕이고 말았다. 새댁은 딸들의 일에 이렇다 저렇다 평을 하지 않음으로써 서서히 손을 놓아버렸다.

한밤중에도 잠을 거의 자지 못하는 새댁은 누워 있다 불현듯 일어나 앉아 몸을 도사렸다. 골목 어귀에서 남편의 발자국 소리가 턱 턱 들려왔다. 그럴 리가 없다고 생각했지만 그럴 수도 있지 않을까 하는 생각도 들었다. 그럴 수도 있다는 생각이 한번 떠오르면 견딜 수가 없었다. 스스로 힘줄이 서고 몸이 벌떡 일어났다. 새댁은 방문을 열고 신도 신지 않고 대문 밖으로 나가 우물가에 섰다. 턱 턱. 턱 턱. 발자국 소리는 멀어지지도 가까워지지도 않았다. 새댁은 몽유 상태로 한 손은 우물을 짚고 다른 한 손은 주먹을 쥐어 가슴을 꾹 누른 채 옷자락을 휘날리며 텅 빈 골목길에서 무언가 나타나기만을 기다렸다. 그게 무엇이든 제발. 턱. 턱. 턱. 턱. 오고 있었다. 턱. 턱. 턱. 턱. 무언가 오고 있었다. 여태 본 적 없는 무섭고 찬란한 무엇이, 턱. 턱. 턱. 턱.

은철은 또 병원에 입원했다. 와이어로 고정된 바깥쪽 뼈가 잘못 자라서 다시 조치를 취해야 한다고 했다. 원은 은철의 병문안을 가고 싶었지만 순분이 새댁과 같이 있으라고 했다.

　원은 학교에서 돌아와도 새댁이 있는 건넌방 문은 열지 않고 혼자 안방에서 동생 희하고 놀았다. 자기가 학교에 간 동안에는 동생도 학생인 것처럼 금발을 고무줄로 묶고 흰 블라우스에 주름이 잡힌 검정 치마를 입혀놓았다. 학교에서 돌아오면 묶었던 희의 머리카락을 풀어 새로 빗겨주고 자기도 묶었던 머리카락을 풀고 새로 빗질을 했다. 그리고 희에게 편한 잠옷을 입혔는데, 한번 연탄 검댕을 묻힌 잠옷은 비누질해 빨았는데도 얼룩덜룩한 검은빛이 빠지지 않았다. 원은 잿빛 잠옷을 입은 동생을 동화 속의 재투성이 아가씨로 상상하고, 예쁘고 착한 희를 구박하는 계모와 이복 언니들을 등장시킨 후 잔인하게 한 명씩 차례로 물리치는 연극을 했다.

　한참 연극에 몰두해 계모에게 저주의 말을 퍼붓고 있던 원은 갑자기 건넌방 문이 열리는 바람에 깜짝 놀랐다. 새댁이 달게 낮잠이라도 한숨 잔 얼굴로 문을 열고 나왔다. 원은 귀신이라도 본 듯 동생을 껴안고 부엌문 쪽에 바짝 등을 기댔다.

"원아!"

원은 숨도 쉬지 않고 눈을 크게 떴다.

"왜 거기에 있어? 이리 와."

새댁이 손짓을 했다. 원은 주춤주춤 다가갔다. 새댁은 눈물이 글썽한 작은딸의 눈 속에서 짙은 공포와 의혹의 빛을 발견하고 놀란 표정을 지었다.

"왜 그래, 원아? 무슨 일 있니?"

원이 고개를 저었다.

"원아. 괜찮아. 말해. 무슨 일이야?"

"어머니…… 어머니……."

"말해."

"어머니…… 제가 잘못했어요."

"뭘 잘못했는데?"

"잘못했어요…… 잘못했어요…… 용서해주세요……."

이름도 효경인 데다 효자 효녀 얘기를 그토록 좋아하는 어머니에게 차마 아버지를 저주했다고는 말할 수 없었다.

"괜찮다, 원아. 지금 말하기 힘들면 나중에 해도 된
다."

"어머니는…… 이제…… 괜찮으세요?"

"그럼, 난 괜찮지. 걱정 마라, 원아."

새댁이 원의 어깨를 끌어당겼다. 원은 새댁이 이끄
는 대로 끌려갔다. 새댁은 자기 내부에서 맹렬히 빠져
나가려는 무엇인가를 필사적으로 붙들려는 듯 두 팔로
원을 꼭 끌어안았다.

"아버지가 오시면 내가 잘 말해주마."

원이 고개를 들었다.

"아버지가 오세요?"

"아버지가 오시지. 아무 걱정 마라, 원아…… 아무 걱
정 마……."

새댁은 원을 안고 몸을 천천히 흔들었다. 그러나 얼
마 지나지 않아 자신이 끌어안고 있는 작고 따뜻한 것
이 무엇인지 까맣게 잊어버렸다.

병원에서부터 눈물을 펑펑 쏟아 기진한 은철을 업고

순분은 삼벌레고개를 올랐다. 아랫동네 주택가에는 라일락이 한창이었고 담벼락을 타고 오른 넝쿨장미도 봉오리를 맺었다. 짙붉은 장미 봉오리를 보는 순간 순분은 까닭 없이 눈물이 솟구쳤다. 장미는 왜 피는 거라. 나는 또 왜 우는 거라. 눈물을 닦으려 했지만 한 손만으로는 은철을 받칠 수 없었다. 장미, 하고 생각만 해도 눈물이 났다. 장미 장미 장미가 무슨 대수라고. 순분은 눈물이 흐르는 대로 놔두었다.

시장에라도 가는지 사우디집이 내려오는 모습이 보였다. 사우디집은 눈물범벅이 된 순분을 보자 멈칫하더니 내려오던 걸음을 돌려 허둥지둥 고갯길을 되짚어 올라가 운문원 모퉁이를 돌아 골목 안으로 사라졌다.

집에 돌아온 순분은 은철을 안방에 눕혀놓고 새댁과 원이 어떡하고 있나 걱정이 되어 바깥채로 나갔다. 문을 열자 어둑한 방 안에서 이상한 소리들이 섞여 들려왔다. 어둠에 눈이 익자 원이 부엌문 앞에 쪼그리고 앉아 동생 희를 무릎에 올려놓고 소곤소곤 얘기하는 모습이 보였다. 순분이 들어왔는데도 원은 고개를 돌리지 않고 눈앞에 있는 동생하고만 속닥거렸다. 순분은 귀를 기울였다.

옥. 꼭. 옥. 꾸우우. 꺽.

건넌방에서 들려오는 소리였다. 새댁의 목소리라고
는 믿을 수 없는, 아니 사람의 소리라고는 할 수 없는
기묘한 신음 소리였다. 방문을 열어보니 새댁이 한쪽
무릎을 세우고 벽을 향해 앉아 있었다. 순분은 새댁 옆
에 가까이 다가앉았다.

새댁은 눈을 크게 뜨고 벽을 바라보며 뻣뻣한 목과
어깨를 떨고 있었다. 새댁의 눈빛은 멍한 쪽이라기보
다 사나움으로 가득 찬 쪽이었다. 무엇엔가 마음을 온
통 빼앗겨 자기가 어디에 있는지, 옆에 누가 있는지, 어
떤 소리가 들리는지 하는 사소한 것에는 한 가닥의 신
경조차도 분산할 수 없는 듯 보였다. 그 맹렬한 집중이
새댁의 목구멍에서 그토록 괴상한 소리를 쥐어짜내는
것 같았다.

"옥. 꼭. 옥. 꺽."

새댁이 뚫어져라 노려보고 있는 곳은 벽지가 겹치게
도배되어 무늬가 어긋나 있는 부분이었다. 처음에 순
분은 거기 도대체 무슨 문제가 있길래 새댁이 그렇게

사생결단하듯 노려보는지 알 수 없었다. 새댁과 벽지를 번갈아 보던 순분은 어느 순간 등골이 오싹해 자기도 모르게 뒤로 물러나 앉았다.

새댁은 자잘한 분홍 꽃잎과 꽃받침이 어긋난 두 벽지 사이의 틈이 마치 파도가 몰아치는 해협이라도 되는 듯이, 자신을 그 깊고 어두운 곳으로 산산이 내던지고라도 있는 듯이, 그리하여 뼈가 부서지고 살이 으깨지는 고통을 매초 매초 당하고나 있는 듯이, 온몸에 강직과 경련을 반복하면서 섬뜩한 외마디 소리를 단단한 돌처럼 토해내고 있었다.

"옥. 꼭. 꾸우우. 꺽."

순분은 이제껏 살아오면서 그런 눈빛과 자세를 딱 한 번 본 적이 있었는데 어렸을 때 개울가에 앉아 있던 미친 외숙모에게서였다. 외숙모는 농약을 마시고 죽었다. 순분은 건넌방에서 뛰어나와 원을 번쩍 들어 안았다.

"가자! 여기 있으면 안 된다! 큰일 난다!"

그나마 해가 떠 있을 때에는 견딜 만했다. 만춘과 금철이 아침을 먹고 나가면 순분은 은철을 바깥채 쪽마루에 앉혀놓아 새댁을 지키게 하고, 바쁘게 청소를 하고 빨래를 해 널고 시장에 다녀왔다. 원이 학교에서 돌아올 시간이면 은철은 절름거리며 마중을 나갔다. 원과 은철이 돌아오면 순분은 둘의 점심을 챙겨주고 새댁에게 밥을 가져다 먹였다. 새댁은 거의 먹지 않았다.

오전 내내 미간을 찌푸리고 짜증만 내던 은철이 원만 있으면 그 뒤를 졸졸 따라다니며 잘 놀았다. 원은 은철을 잘 달랬고 웃기기도 잘했다. 그게 은철에게뿐 아니라 원에게도 도움이 될 거라고 순분은 생각했다.

금철과 영이 하교한 후부터 밤이 되기 전까지가 우물집이 가장 활기를 띠는 시간이었다. 영이 잰 몸놀림으로 바깥채와 수돗가를 오가며 집안일을 하는 동안 금철은 그 뒤를 어정어정 따라다니며 일을 도왔다. 나이가 나이니만큼 빛과 생기를 발산하는 두 아이들을 보면서 순분은 예전 같으면 시집 장가도 갔을 나이인데 하는 뜬금없는 생각을 했다.

그러나 어둠이 내리고 밤이 찾아오면 우물집에는 고통만 흘러넘쳤다. 순분은 무섭고 또 무서웠다. 은철의 간장 종지만 한 무릎이 뚝배기의 계란찜 끓어 넘치듯 무섭게 부어오르는 밤이. 운전하는 사람에게는 잠이 보약이라는 순분의 말을 귀에 못이 박이도록 들어 아무리 아파도 아빠가 깰까 봐 은철이 어린 강아지처럼 끼잉끼잉 하며 눈물만 흘리는 밤이. 눈물과 콧물이 차올라 은철이 울음 끝에 숨을 깔딱거릴 때면 금철이 조용히 방문을 열고 나가 쪽마루에 앉아 경련이 이는 오른손을 쥐었다 폈다 하며 오랫동안 물끄러미 내려다보는 밤이. 바깥채 건넌방에서 가끔 터져 나오는 새댁의 기이한 신음 소리가 들리는 밤이. 영이 끌어안고 토닥이는데도 잘못했어요, 잘못했어요 하며 원이 울음 섞인 잠꼬대를 하는 밤이.

순분은 이럴 때 난쟁이식모라도 있었으면 하고 생각하다 내일 당장이라도 난쟁이식모가 어디로 갔는지 수소문해서 이제 우물가에 형사들도 없으니 다시 돌아오라고 해야겠다고 결심했다. 그러나 순분은 이내 단념했다. 아무도 찾아오지 않고 말도 걸지 않는 이 동네에서 누구에게 수소문을 해서 알아본단 말인가. 수소문을 해서 알아낸들 난쟁이식모가 빨갱이로 사형당한 식구들이 사는 집에 식모를 살러 오겠는가.

어느 날 날이 밝자마자 거의 뜬눈으로 밤을 지새운 순분이 만춘에게 말했다.

"은철아빠, 이 집 팔고 우리 다른 데로 이사 갑시다."

만춘은 졸음이 싹 달아난 얼굴로 물었다.

"정말이야?"

"더는 이렇게 못 살겠어."

"잘 생각했어, 여보."

만춘은 출근하는 길에 당장 복덕방에 들러 우물집을 팔겠다고 내놓았다.

순분은 쓸데없는 일인 줄 알면서도 새댁에게 집을 내놓았다는 얘기를 하러 바깥채로 나갔다. 요즘 들어 새댁은 사람을 거의 알아보지 못하는 지경에 이르렀다. 새댁은 건넌방에 똑바로 누워 천장을 바라보고 있었다.

"새댁."

순분이 부르자 새댁이 기다렸다는 듯이 말했다.

"어찌 된 게 자꾸 머리가 아파요, 오마니."

"새댁, 나야."

"날래 이모님네로 오시기야요."

순분이 새댁의 어깨를 잡고 흔들었다.

"새댁!"

"내레 자꾸 머리가 아파개지구는 오마니가 날래 오
시야갔시오."

"이를 어째, 새댁."

순분은 새댁의 손을 잡아 꼭 쥐었다.

"오마니! 오마니!"

새댁은 아기 혼령이 씐 듯 그대로 어릴 적 사투리를
쓰며 헛소리를 하다 결국은 숨찬 생선이 아가미를 들
썩이듯 가슴을 들먹거리더니 옥 꼭 꾸우우 하고 숨넘
어가는 소리를 냈다.

아침부터 은철의 무릎에 통증이 와서 순분은 연신
뜨거운 찜질을 해댔다. 은철은 끼잉끼잉 신음하다 맥
을 놓고 잠이 들었다. 순분은 그런 은철의 얼굴을 가만
히 들여다보았다. 언제까지, 도대체 언제까지 이래야
하는가. 이건 우물집에서 이사를 나간다고 해결될 일
이 아니었다.

그때 누가 문을 붙들고 흔드는 기척에 순분은 일어
나 방문을 열었다. 한 달 넘게 바깥채 건넌방에서 한 발

짝도 나온 적 없는 새댁이 문틀에 기대앉아 숨을 고르고 있었다.

"새댁! 이게 웬일이야?"

반가운 마음에 쪽마루로 나간 순분은 새댁의 차림새에 놀랐다. 블라우스는 제대로 여며지지 않았고 월남치마는 한쪽으로 삐뚤름히 늘어졌다. 치켜 올라간 치마 밑으로 가까스로 마루 끝에 버팅기고 앉은, 칼등처럼 뾰족한 종아리뼈와 신을 신지 않은 맨발이 드러났다. 새댁이 한 손으로 순분의 손을 잡고 한 음절씩 힘겹게 발음했다.

"저어를…… 벼엉원……에……."

손에 흙 알갱이가 묻었는지 거칠했다. 바깥채에서 여기까지 네발로 기어온 게 아닌가 싶었다.

"병원에 가자고?"

"크은……아아버지…… 저언화……."

"큰아버지한테 전화하라고?"

새댁은 헐떡거리면서 손에 꼭 쥐고 있던 쪽지를 순분에게 주었다. 구겨진 종이쪽을 펼쳐 보니 어린애 글씨처럼 삐뚤빼뚤한 숫자들이 적혀 있었다. 아, 순분의 입에서 탄식이 흘러나왔다. 그렇게 필체가 좋던 사람이, 그렇게 옷매무새가 단정하고 그렇게 음성이 똑부러지고 그렇게 동작이 노루처럼 경쾌하던 사람이…….

"저어언…… 아안 돼애…… 우우리이 애애들…… 애애들…… 아안 돼애……."

새댁이 핏발 선 눈으로 순분의 눈을 들여다보며 말했다.

"애애들…… 어업스을…… 때애…… 지금…… 저어를…… 벼엉원에……."

순분은 고개를 끄덕였다.

"알았네, 알아들었어."

진정 순분은 너무도 잘 알아들었다.

새댁은 정신이 잠깐 돌아온 동안 더 이상 딸들과 같이 있으면 안 된다고 생각하고 시아주버니에게 연락해 병원에 들어가려고 결심했을 것이다. 그래서 전력을 다해 정신을 붙잡고 옷을 입고 쪽지에 숫자를 쓰고 여기까지 기어왔을 것이다. 바깥채에서 안채까지 기어오는 게 새댁에게는 사우디집의 남편이 가 있다는 열사의 사막을 건너는 일보다 더 힘든 일이었으리라는 것을 순분은 알았다. 그리고 마지막으로 딸들 얼굴도 보지 않고 병원에 갇히려는 이 단절의 안간힘이 영과 원을 위한 마지막 모성이라는 것도 알았다.

순분은 눈물을 글썽이며 새댁의 손을 잡고 다독였다.

"걱정 마, 새댁. 아무 걱정 하지 마."

새댁은 안심한 얼굴로 눈을 감고 숨을 가쁘게 몰아쉬었다. 그리고 우물집에서 나갈 때까지 다시 눈을 뜨지 않았다.

새댁이 병원 들것에 실려 나갈 때 순분은 이게 마지막이라는 생각을 했지만 눈물은 한 방울도 흘리지 않았다. 새댁의 고통을 지켜보면서 그것이 어디에 도착할지를 이미 알고 있었기 때문이다. 그보다 순분은 덕수를 만난 김에 집 문제를 아퀴 지어야겠다고 다짐했다.

덕수는 흰 시트를 덮고 얼굴만 내민 새댁의 모습을 놀라움을 갖고 내려다보았다. 두 달여 만에 새댁은 노파처럼 늙고 여위어 갸름하니 곱던 볼 선이 푹 꺼져 있었다. 그러나 보조개처럼 턱 한가운데 옴폭 팬 부분은 그대로였다. 새댁이 눈을 감고 있어 덕수는 동생이 시신이 되어 실려 들어오던 때와 크게 다르지 않은 느낌을 받았다.

들것 뒤를 따라나서는 덕수를 순분이 불러 세웠다.

"잠깐만요, 영이 큰아버님!"

"아, 예. 이렇게 연락 주셔서 참으로 고맙습니다."

"그보다 드릴 말씀이 있는데요."

순분은 집을 내놓았는데 곧 팔릴 것 같다는 얘기며, 다른 동네에 집을 알아보고 있다는 얘기, 새댁네 전세가 일 년이 넘어 만기가 지났다는 얘기를 빠르게 쏟아놓았다.

"잘됐습니다. 집이 팔리면 연락 주십시오. 그때 영이 원이도 같이 이사시키겠습니다."

순분은 덕수의 눈치를 힐끔 살피고 말했다.

"그게 말이지요, 저희가 이사 갈 집이 콩꼬투리만 해서 세를 놓고 말고 할 형편이 못 되거든요."

덕수는 모함을 받은 사람처럼 분개하여 말했다.

"영이 원이는 제가 데려갑니다!"

"아, 네네. 그러시겠지요. 의당 그러시겠지요. 큰아버님이신데."

"그럼, 이만."

덕수의 마른 뒷모습이 단호한 동작으로 대문을 열고 나갔다.

순분은 이것으로 다 되었다 싶었다. 미안한 마음이 없는 건 아니지만 그래도 이젠 그만 되었다 싶고 한시름이 놓였다. 눋은 놈도 있고 덜 된 놈도 있고 찔깃한 놈도 있고 보들한 놈도 있고, 그렇게 다 있는 거라는 원의 말이 떠올라 헛웃음이 났다. 박가나 통장집이나 남편이나 자기나, 알고 보면 다 거기서 거기였다. 박가가 우물집을 탐낸다는 말을 복덕방 영감으로부터 들었는데, 빨갱이가 살던 집에 빨갱이 잡는 놈이 들어와 사는 것도 나쁘지 않을 것 같았다. 슬렁슬렁 재미를 보면서 살든 따박따박 도리를 지키며 살든 철퇴가 떨어지면 맞아 죽는 건 똑같았다. 그러니 어떻게든 철퇴를 맞지 않는 게 장땡이었다.

먼 동네로 이사 가면 순분은 다시 계원을 모아 계 오야를 하고 집을 빈틈없이 세놓아 먹을 작정이었다. 은철의 다리가 저 모양이니 더 부지런히 돈을 모아야 할 것이었다. 그렇게 모은 돈다발을 찹찹 소리를 내면서 셀 생각을 하자 기운이 번쩍 났다. 그동안 자기가 아무 말벗이나 친구도 없이 너무나 고독하고 고단하게 살아왔다는 사실이 뼈저리게 느껴졌다. 오늘 저녁에는 오랜만에 만춘에게 구수하고 기름진 선지내장탕을 끓여 주어야겠다는 생각이 들었다. 이제 먹을 사람도 없으니 장독대에 있는 새댁네 매실주도 한 주전자 퍼다가 남편도 한 잔 주고 자기도 한 잔 먹어야겠다. 사형도 당하지 않고 매일 나가서 꼬박꼬박 돈을 벌어 오는 남편이란 가족에게 얼마나 소중한 존재인가 말이다.

그런데 이상하게 저녁 내내 순분은 자꾸 새댁이 아니라 새댁 남편 생각이 났다. 부러웠나. 모르겠다. 사형을 당할 값에 아내에게 꼬박꼬박 존댓말을 쓰는 남편이란, 여자로 치면 영원한 새댁이 아닌가.

이삿날이 정해지고 우물집에서 가장 기뻐한 사람은 만춘이었다. 그는 긴 흥정 끝에 우물집을 사들이기로 결정한 통장 박가와 가게 평상에서 거나하게 술을 퍼마시고 호형호제하는 사이가 되어 들어오기도 했다. 순분도 기쁘긴 했지만 새댁네에 대해 최소한의 예의를 지키고 동네 사람들에 대해 최대한의 자존심을 세우느라 그런 내색을 보이지 않았다. 계약하는 날 통장집이 복덕방 영감을 앞세워 자기 집이 될 우물집을 방문했지만 순분은 일절 알은체를 하지 않고 냉담한 얼굴로 계약서에 도장을 찍고 계약금을 받아 찹찹 세었다.

이사를 가장 슬퍼한 사람은 은철이었다. 영과 원이 큰아버지네 집으로 이사를 간다는 얘기를 들은 뒤부터 은철의 눈두덩은 늘 부어 있었고 원을 볼 때마다 부은 눈 속에서 새로운 눈물이 막 글썽거리고 있었다. 그러나 금철의 슬픔도 그에 못지않았다. 금철은 그동안 영과 너무 가까워져버렸다.

영은 처음에는 이사에 대해 시큰둥한 반응을 보였다. 우물집에서 순분의 도움을 받아가며 살림을 하는 게 큰아버지네 들어가서 누구의 도움도 받지 않고 큰아버지 수발까지 들며 살림을 하는 것보다 더 낫다고 생각했다. 그러나 큰아버지네 집을 직접 방문하고 돌아온 다음에는 곧바로 입장을 바꾸었다. 큰아버지네 집은 삼벌레고개 아랫동네 저택들처럼 이층짜리 양옥에다 넓은 마당이 있었고, 오랫동안 그 집 살림을 맡아

온 늙은 가정부가 있었다. 영으로서는 그보다 좋을 수 없었다.

유일하게 아무 반응도 보이지 않은 사람은 원이었다. 순분은 원의 증상이 새댁이 병원에 실려 간 날부터 시작되었으리라 짐작했다. 그날 순분은 학교에서 돌아온 원에게 조심스레 새댁이 병원에 입원했다는 얘기를 했다. 울고불고하리라는 예상과 달리 원은 동생의 머리를 쓰다듬으며 말없이 듣고만 있었다. 원의 대수롭지 않은 반응에 순분은 조금 실망했다. 새댁이 얼마 동안, 아니 어쩌면 아주 오랫동안 병원에 있어야 할지도 모른다고 말했는데도 여전히 말이 없었다. 아무리 정신이 오락가락하는 어미였어도 어미가 없어졌다는데 어찌 이렇게 아무렇지가 않나, 이래서 자식은 키워봤자 아무짝에도 소용없다고 하는구나 싶었다. 우물집이 팔리면 큰아버지네로 이사를 가야 한다는 얘기를 했을 때도 원은 동생을 끌어안고 눈만 깜빡였다.

그로부터 며칠이 지난 후에야 순분은 은철을 통해 원의 이상한 증상을 들어 알고 땅이 꺼지도록 한숨을 쉬었다. 원이 동생 희 말고는 아무와도 말을 하지 않는다는 것이었다. 은철이 울먹이며 말했다.

"나하고도 말을 안 해, 나하고도."

원에게서 사라져버린 것은 말뿐이 아니었다. 표정과 몸짓도 증발되었다. 원은 생기 없는 얼굴로 느리고 뻣뻣한 동작을 했는데, 그것은 동생 희의 모습과 놀랍도록 흡사했다. 그 곁에서 은철은 눈물을 글썽이며 뭐라고 뭐라고 쉬지 않고 얘기를 했다. 스파이놀이를 하던 얘기도 했고 은행놀이를 하던 얘기도 했다. 난쟁이식모 얘기, 뚜벅이할배와 똥순할매 얘기도 했다. 그러나 안바바와 새댁 얘기는 하지 않았다. 은철의 얘기를 듣는지 마는지, 원은 시계추처럼 일정한 폭으로 손을 움직여 동생의 몸을 쓰다듬고 있었다.

영은 어쩔 수 없는 일 앞에서는 포기가 빨랐다. 큰아버지네로 이사를 가고 나면 큰아버지가 어떻게든 해결해주겠지 하는 마음이었다.

새댁이 없는 새댁네가 이사 가던 날, 원은 여름 교복인 흰 블라우스에 검정 주름치마를 입고 수돗가에 서있었다. 부쩍 마른 원의 뒷모습을 보면서 은철은 작년

이맘때 원이 노란 윗도리에 남색 치마를 입고 우물집 대문을 귀엽게 박차고 들어와 수돗가로 야무지게 걸어오던 때를 생각했다. 그때 은철에게는 신발의 똥을 닦아줄 난쟁이식모도 있었고, 앉은 자리에서 벌떡 일어날 수 있는 멀쩡한 다리도 있었다. 그리고 원에게는 곧 그 뒤를 따라 월남치마를 휘날리며 뛰어올 새댁이 있었다. 그때 없었던 것은 원의 동생 희와, 희를 닮아버린 원이었다.

은철이 절룩거리며 다가가 옆에 서도 원은 고개를 돌리지 않았다. 원은 자기와 똑같은 복장을 한 희를 안고 칠흑의 눈으로 수돗가 돌담을 바라보고 있었다. 돌담에는 초록색 물이끼 외에는 아무것도 없었다.

금철은 아침부터 어디로 갔는지 보이지 않았다. 영은 요령 있게 싸놓은 짐을 일꾼들이 나르는 걸 지켜보고 참견하느라 금철이 있는지 없는지 알아차리지 못했다. 이삿짐이 다 나가고 나자 영은 방을 한번 깨끗이 걸레질한 다음 원을 데리고 순분에게 갔다. 순분은 봉투에서 돈다발을 꺼내 영이 보는 앞에서 참참 세어 확인시킨 후 건넸다.

"이 보증금은 큰아버지 드리지 말고 네가 꼭 갖고 있어라."

"네, 알아요. 아주머니, 그동안 감사했습니다."

순분이 안아주려고 하자 영은 어색하게 몸을 뺐다. 순분은 영의 어깨만 두어 번 두드려주었다.

"잘 가라, 영아."

원은 영의 옆에 가만히 서 있었다. 순분이 다가가 안아주었지만 아무 반응이 없었다. 우물에 묶여 있던 원을 안았을 때도, 덕규의 장례식에서 쓰러진 원을 안았을 때도, 순분은 지금처럼 가슴이 저리지는 않았다. 비록 허깨비로라도 새댁이 원의 곁에 있었어야 했던가 하는 생각이 들었다. 순분은 갓 딴 살구처럼 솜털이 보송한 원의 볼에 입술을 대고 기도하듯 속삭였다.

"제발…… 잘 살아라…… 원아……."

은철은 영과 원의 뒤를 절룩절룩 따라갔다. 골목이 끝나는 운문원 앞에 이삿짐 트럭이 서 있고, 박가네 가게 앞에 안덕수의 자가용이 서 있었다. 자가용 앞에서 괴상한 씨와 안덕수가 얘기를 나누고 있었다. 원은 보이지 않는 힘에 질질 끌려가는 것처럼 느릿느릿 걸어

영이 열어준 차 문으로 뒷좌석에 탔다. 그런 원을 괴상한 씨가 말없이 보았다. 영이 문을 닫았다.

은철은 차창에 다가가 정면을 보고 앉아 있는 원의 옆모습을 들여다보았다. 원은 끝내 고개를 돌리지 않았다. 은철은 알았다. 자기가 병실에서 느꼈던 것처럼, 원도 날카로운 고통이 사방에 철창을 두른 작은 방 속에 갇혀버렸다는 것을. 누구도 들어올 수 없는 그 방에 원 혼자 갇혀 있다는 것을.

은철은 원이 안고 있는 희를 보았다. 언제부턴가 희는 요괴 인형 같았다. 희가 우물집에 온 날부터 자꾸 나쁜 일만 생겼다. 새댁이 은철에게 놀러 오지 말라고 한 날도 그날이었고, 그 후에 뚜벅이할배가 죽었고, 닭발 사건이 있었고, 똥순할매가 운문원을 나갔고, 그의 다리가 망가졌다. 안바바는 잡혀가서 죽었고 새댁도 미쳐서 병원에 들어갔다. 그리고 마침내 희는 원까지 삼켜버렸다. 난쟁이식모가 있었다면 분명 희에 대해 무서운 예언을 했을 것이다.

은철은 이런 생각이 원을 얼마나 슬프게 할 것인지 알고 있었다. 원을 슬프게 할 말은 하고 싶지 않았다.

그런 생각조차 하고 싶지 않았다. 하지만 은철도 들어
갈 수 없는 그 방에 오로지 희만이 있다. 희밖에 없다.
그게 좋은 일인지 끔찍한 일인지 은철은 결코 알 수 없
었다.

영이 다가왔다.

"꼬맹아, 잘 있어."

"잘 가, 영이누나."

"금철이는 어디 간 거니? 나 가는 것도 안 보고."

영이 차 뒤로 돌아가 반대쪽 문을 열고 원의 옆자리
에 탔다. 자가용이 움직이기 시작했다. 삼벌레고개 중
턱 사람 중 아무도 그들 앞에 나와 잘 가라는 인사를 하
지 않았지만, 큰형님 시즈코도, 운문원 임말숙 보살도,
보험여자 성계희도, 사우디집 최은숙도, 심지어 통장집
김언년까지, 골목에서 문간에서 장독대에서 영, 원, 희,
떠나가는 모습을 지켜보고 있었다.

은철은 자가용이 삼벌레고갯길을 내려가 넓은 개천
가 도로를 돌아 사라지는 모습을 끝까지 지켜보았다.
언제 왔는지 금철이 옆에 서 있었다. 은철은 몸을 돌려
형을 꽉 끌어안고 울기 시작했다. 마음껏 울라는 듯, 평

상에 앉아 있던 괴상한 씨가 고개를 끄덕이며 괴상한
노래를 흥얼거렸다.

오래전 이곳에 삼악산이 있었지
북쪽은 험하고 가팔라 모르네
남쪽은 산을 파내고 큰길을 뚫어
골목마다 채국채국 집을 지었지
그래봤자 동네 이름이 삼벌레고개

오래전 이곳에 삼악산이 있었지
북쪽은 험하고 아득해 모르네
남쪽은 사람이 토우가 되어 묻히고
토우가 사람 집에 들어가 산다네
그래봤자 토우의 집은 캄캄한 무덤

작가의 말

처음, 나는 그들의 고통에서 시선을 떼지 못한다. 그것을 어루만져 위로해야 한다고 생각한다. 그러나 이것은, 뭔가를 먹는 것, 이를테면 소비하는 건 아닌가 하는 생각이 든다.

다음, 갑자기 그들의 고통, 이를테면 어떤 커다란 철 근덩어리 같은 고통에서 갈고리가 튀어나와 내 목을 움켜쥐는, 그런 꿈을 오래 꾼다. 그러니 이제 그만 써야 하는 건 아닌가 생각한다.

마지막, 나는 여전히 그들의 고통에서 시선을 떼지

못한다. 그들의 고통, 이를테면 어떤 커다란 반죽덩어리 같은 고통에서 부드러운 물풀 같은 손이 슬그머니 내 목으로 미끄러져 들어와, 자기와 비슷하지만 자그만 어떤 것, 그러니까 자기의 새끼 비슷한 고통을 살그머니 끄집어낸다. 세상에, 도대체 언제 이런 게 내 속에 들어앉아 있었던가.

　나는 그들의 고통은 물론이고, 내 몸에서 나온, 그 어린 고통조차 알아보지 못한다.
　고통 앞에서 내 언어는 늘 실패하고 정지한다.
　하지만 나는 알고 있다.
　내 어린 고통이 세상의 커다란 고통의 품에 안기는 그 순간의 온기를 위해 이제껏 글을 써왔다는 걸.
　그리하여 오늘도 미완의 다리 앞에서 직녀처럼 당신을 기다린다는 걸.

2014년 11월
권여선

토우의 집

ⓒ 권여선, 2014

초　판 1쇄 발행일　2014년 11월 24일
개정판 1쇄 발행일　2020년 11월 30일

지은이 · 권여선
펴낸이 · 정은영

펴낸곳 · (주)자음과모음
출판등록 · 2001년 11월 28일
　　　　　제2001-000259호
주소 · 서울시 마포구 양화로6길 49
전화 · 편집부 02) 324-2347
　　　　경영지원부 02) 325-6047
팩스 · 편집부 02) 324-2348
　　　　경영지원부 02) 2648-1311
이메일 · munhak@jamobook.com

이 도서의 국립중앙도서관
출판예정도서목록(CIP)은
서지정보유통지원시스템
홈페이지(http://seoji.nl.go.kr)와
국가자료공동목록시스템(http://
www.nl.go.kr/kolisnet)에서 이용하실 수
있습니다.
(CIP제어번호: CIP2020048023)

ISBN　978-89-544-4547-4 (03810)